조선
흡혈귀전

설흔 글 ✷ 고상미 그림

조선 흡혈귀 전

5 흡혈귀 성에서의 결전

위즈덤하우스

✴ 차례 ✴

1장
흑적산에 뜬 두 개의 태양
✴
7

2장
흡혈귀 성의 비밀 진지
✴
26

3장
병 흡혈귀와 흡혈귀 감별사
✴
45

4장
불가능한 임무
✴
57

✴

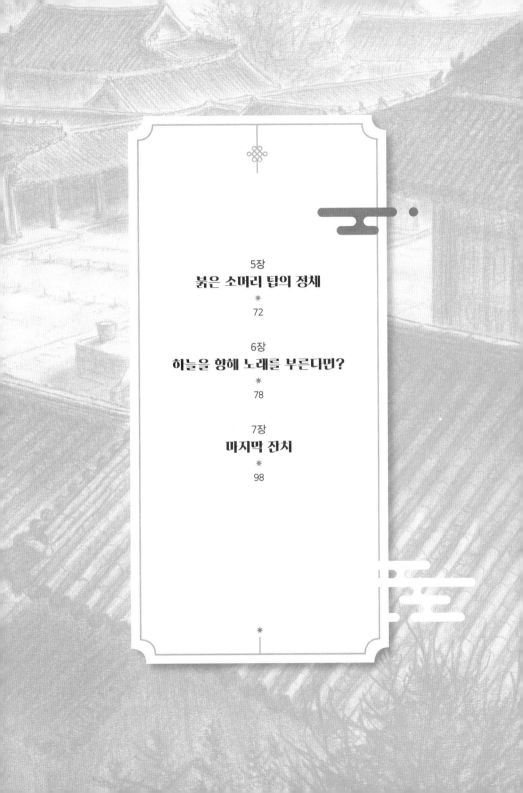

5장
붉은 소머리 탑의 정체
✳
72

6장
하늘을 향해 노래를 부른다면?
✳
78

7장
마지막 잔치
✳
98

|일러두기|

• 이 책은 역사 인물이 등장하나 허구임을 알려 드립니다.

흑적산에 뜬 두 개의 태양

장영실 나리와 퉁 소장 사이에는 꼭 팽팽한 줄이 있는 것 같았어요. 어느 한쪽에서 조금이라도 더 힘을 주면 금방 끊어질 듯한 위태롭고 가느다란 줄 말이에요. 장영실 나리가 수염을 만지고는 힘주어 말했어요.

"위험합니다."

퉁 소장은 주먹을 세게 쥐고 더 큰 목소리로 말했어요.

"위험한 건 저도 압니다. 그렇다고 가만있을 수는 없지 않습니까? 목숨을 걸고서라도 반드시 해야 합니다."

분위기가 분위기인지라 다른 원정대원들은 함부로 끼어들 수도 없었어요. 다들 안절부절못하며 세종 임금님만 바라보았지요. 그 조마조마한 순간, 굵은 손가락으로 코를 후비던 세종 임금님은 원정대원들의 눈길을 뒤늦게 눈치채고 재빨리 손을 빼서 뒷짐을 졌어요. 그러고는 불길한 기운으로 가득한 하늘을 보며 곰곰 생각하는 척했지요. 세종 임금님은 땀투성이가 된 손바닥으로 이마를 쓱 문지른 뒤 모두에게 물었어요.

"장 공의 말이 옳다고 여기는 이는 손을 들어 보시오."

성삼문 부소장이 제일 먼저 손을 들었어요. 뒤따라 숙희가 손을 들었어요. 세종 임금님이 다시 물었어요.

"통 소장의 말이 옳다고 여기는 이는 손을 들어 보시오."

내관이 제일 먼저 손을 들었어요. 잠시 후 여인도 손을 들었
어요. 세종 임금님은 한 번도 손을 들지 않은 수석 요리사를 보
았어요. 수석 요리사가 말했어요.

"저는 임금님의 뜻을 따르렵니다."

임금님은 깊은 한숨을 쉰 후 말했어요.

"그렇다면 내 의견을 밝혀야겠군. 내 생각엔……."

갑자기 이게 무슨 일인가 싶지요? 마음이 급한 친구들은 이야기의 앞부분을 놓쳤나 생각하며 책을 뒤적거리기도 했을 거예요. 그래요. 솔직히 말해서 밑도 끝도 없지요. 시작하자마자 영문 모를 말다툼이라니 도무지 이해가 안 될 거예요. 다 제 잘못이에요. 사과할게요.

아무래도 제대로, 하나부터 열까지 차근차근 설명하는 게 좋겠어요. 그 전에 똑똑한 여러분에게 한 가지 질문이 있어요. 귀를 쫑긋하고 들어 주세요.

자, 하늘에 떠 있는 태양은 몇 개 일까요? 이건 무슨 엉뚱한 질문이냐고요? 무시당하는 기분이 들어서 슬슬 화가 난다고요?

따지는 건 뒤로 미루고 우선 대답해 주기를 바라요. 우습게 보여도 사실, 굉장히 중요한 질문이거든요.

어라? 다들 대답은 안 하고 피식거리며 비웃는군요. 한심하게 여기는 친구도 보이네요.

좋아요. 저도 인정해요. 대답하고 말 것도 없는 질문이지요. 하늘에 오직 하나의 태양만이 떠 있다는 건 한 살 아이부터 백다섯 살 할머니까지(물론 할아버지도요!) 다들 잘 아는 사실이에요. 그걸 모르는 사람은 이 세상에 단 한 명도 없을 거예요. 아마 개와 고양이들도 우리와 말이 통하지 않아서 그렇지, 다 알고 있을 거예요.

흑적산에서는 그렇지 않았어요. 그곳은 누구나 아는 상식이 전혀 통하지 않는 곳이거든요. 아, 글쎄…… 도무지 믿기지 않는데…… 흡혈귀 성이 우뚝 선 흑적산 하늘에는 두 개의 태양이 떠 있었어요. 크기도 모양도 똑같은 두 개의 태양! 일란성 쌍둥이 같은 두 개의 태양!

세종 임금님은 눈을 비비며 원정대원들에게 물었어요.

"이거 원, 피곤해서 그런가! 내 눈에 태양이 꼭 두 개로 보이는데, 혹시 그대들도 그러하오?"

다들 넋이 나간 채 고개만 끄덕였어요. 그리고 한동안 침묵이 흘렀어요. 태양이 두 개라니, 살면서 처음 보는 광경이었어요. 어떻게 반응해야 할지 도무지 알 수가 없었어요. 땅에 이어 하늘까지 지배하는 흡혈귀의 어두운 힘은 정말 대단했어요.

흡혈귀는 어쩌다 이렇게 힘이 세진 걸까요? 흑적산 흡혈귀는 더 이상 원정대원들에게 가볍게 제압당하던 예전의 흡혈귀가 아닌 듯했어요.

그때 성삼문 부소장의 가볍고 통통 튀는 목소리가 무거운 침묵을 단번에 깨뜨렸어요.

"에헴, 옛날 사로국에서도 두 개의 태양이 뜬 적이 있었지요."

여인이 눈을 크게 뜨고 물었어요.

"사로국은 어디예요?"

장영실 나리가 한숨을 쉬며 말했어요.

"신라는 아느냐?"

"그 정도는 저도 알아요."

"작은 사로국이 덩치를 키워 훗날 신라가 되었단다. 그냥 신라라고 하면 될 것을, 하여간 이 와중에도 잘난 체하는 저 버릇은 여전하네……."

통 소장이 말했어요.

"저도 어렴풋이 들은 기억은 납니다만…… 좋은 일은 아니었지요?"

성삼문 부소장이 고개를 크게 끄덕이며 대답했어요.

"좋은 일이었을 리가 있겠소? 변괴지, 변괴. 태양은 보통 임금님을 상징해요. 그러니 태양이 두 개라는 건 한 나라에 두 명의 통치자가 있다는 이야기지요. 당시 신라에서는 왕권을 위협하는 반역자가 나타나 임금님을……."

성삼문 부소장은 말을 잇지 못했어요. 수석 요리사가 울퉁불퉁한 손으로 성삼문 부소장의 입을 콱 막아 버렸거든요. 수석 요리사는 버둥거리는 성삼문 부소장에게 인상을 쓰며 핀잔을 주었어요.

"나리는 눈치코치를 전부 국에 말아 드셨습니까?"

세종 임금님이 괜찮다는 듯 손을 내젓자 씩씩대던 수석 요리사는 마지못해 손을 떼었어요. 성삼문 부소장은 입가를 문지르고 크게 숨을 들이마시며 투덜댔어요.

"나는 내가 아는 사실을 말했을 뿐인데, 왜 그러는 거요?"

세종 임금님은 성삼문 부소장을 진정시키며 물었어요.

"신라에서는 어떤 방법을 써서 태양을 없앴소?"

"어디 보자, 그러니까…… 영검한 스님을 모셔 신령한 노래를 부르게 했더니 두 번째 태양이 거짓말처럼 사라졌답니다. 그야말로 믿거나 말거나 하는 황당한 이야기지요."

숙희가 끼어들었어요.

"부소장님, 혹시 그 노래를 아세요?"

성삼문 부소장은 약간 떨떠름한 표정을 지으며 말했어요.

"아, 난 기억력이 좋으니 당연히 알지."

"그럼 그 노래를 불러 보는 게 어때요? 효과가 있을지도 모르잖아요."

"그게 말이지…… 원래는 알았는데, 지금은 긴장해서……."

"모른다는 거네요?"

"잠깐 시간을 좀 주게. 다그치니까 영 기억이……."

그때 누군가가 하늘을 향해 두 손을 들고 굵은 목소리로 노래를 시작했어요. 세종 임금님이었어요. 사실 임금님은 신라에 두 개의 태양이 떴던 이야기와 태양을 없앤 그 신령스러운 노래를 알고 있었어요. 그러면서도 성삼문 부소장의 이야기를 끝까지 주의 깊게 들어 주었지요. 역시 임금님이에요.

오늘 여기에서 하늘을 향해 노래를 부릅니다.
우리의 마음을 받아 변괴를 없애 주소서.

느릿느릿한 노래는 살아 움직이는 존재 같았어요. 노래 가사 한 마디 한 마디가 사다리를 타고 줄줄이 하늘로 올라가 태양을 톡톡 두드리는 느낌이었지요. 하지만 기분이 그랬다는 것이지 실제로는 아무런 일도 일어나지 않았어요. 하늘에 뜬 두 개의 태양은 원정대원들을 놀리듯 오히려 더 밝게 빛났지요.

흡혈귀 성에서는 크크크 웃음소리가 났어요. 다들 놀라서 흡혈귀 성을 쳐다보았지만 여전히 흡혈귀는 보이지 않았어요. 몸을 감추고 원정대원들을 지켜보는 게 분명했어요.

세종 임금님이 말했어요.

"안타깝게도 노래의 곡조는 전해지지 않는다오. 간절한 마음을 담아 최대한 정성스럽게 불렀으나 내 힘으로는 부족한가 보오. 이 나라의 임금으로서 여러분에게 사과하겠소. 내가 덕이 없어서 재앙을 몰고 온 듯하오. 후회되는 게 참 많소. 평소에 말과 행동을 조금만 더 조심했더라면, 백성의 삶을 조금만 더 유심히 살폈더라면, 고기를 조금만 덜 먹었더라면…… 아, 왜 이리 모자란 구석이 많은 건지…….”

세종 임금님은 주먹으로 자신의 머리를 쥐어박았어요. 너무 세게 쥐어박아 살짝 휘청거릴 정도였지요.

“임금님, 지금 자책할 때가 아닙니다. 적이 코앞에 있습니다.”

세종 임금님의 말을 중간에서 끊은 건 뜻밖에도 내관이었어요. 내관의 표정은 엄숙했어요. 세종 임금님은 머리를 긁적이며 어색하게 웃었어요.

“요즈음, 장 공에게 많이 배우고 있소.”

장영실 나리가 말했어요.

“주제넘게 한마디 하겠습니다. 반성은 나중에 하고, 지금은 우리가 할 수 있는 것만 생각하는 게 어떨까요?”

이상할 정도로 고요한 흡혈귀 성을 보며 다들 고개를 끄덕였어요. 세종 임금님은 유난히 두꺼운 엄지를 쭉 내밀며 격하게 고개를 끄덕였고요. 장영실 나리는 말했어요.

“흡혈귀는 눈에 안 보이지만 분명 우리를 지켜보고 있어요. 조심스럽게 움직입시다. 우선 조를 두 개로 나누는 게 좋겠어요. 한 조는 여기에서 대기하고, 또 다른 조는 흡혈귀 성에 접근해 내부의 움직임을 살피면 어떨까요?”

그때 통 소장이 손을 들었어요. 뭔가 고민이 있는 듯 찌푸린 얼굴이었어요. 퉁 소장은 말을 할까 말까 몹시 망설이더니 입술을 꽉 깨물고 고개를 세게 저었어요.

장영실 나리가 말했어요.

"괜찮으니 말해 보세요. 한때 의심하고 싸우기도 했지만 지금 나는 퉁 소장을 굳게 믿습니다."

장영실 나리는 주먹을 쥐더니 퉁 소장의 어깨로 가져갔어요. 아마 다독이며 격려하려고 했겠지요. 하지만 퉁 소장이 재빨리 피하는 바람에 주먹은 허공을 갈랐고, 장영실 나리는 크게 휘청거리고 말았어요. 장영실 나리는 아무렇지도 않은 척 재빨리 자세를 바로잡았어요. 그 모습을 본 나머지 원정대원들은 마음껏 웃지도 못하고 속으로만 킥킥거렸어요.

퉁 소장이 말했어요.

"두 조로 나누는 건 찬성합니다. 먼저 여진 무사들이 나서서 흡혈귀 성 근처를 살피는 게 좋겠습니다."

"왜 갑자기 편을 가르는 거요? 또 무슨 수작을 부리려는 거지? 조선 무사가 가면 안 되는 이유라도 있소? 보자 보자 하니까……."

성삼문 부소장이 발끈하며 나서자 여인이 가로막으며 큰 소리로 말했어요.

"일단 들어 보세요."

다른 원정대원들도 눈치를 주는 바람에 성삼문 부소장은 한 발짝 뒤로 물러났어요. 물론 그 뒤에도 혼자서 뭐라고 중얼거리기는 했지만요.

퉁 소장이 계속 말했어요.

"이유를 설명하겠습니다. 지금 이 지역은 버려진 땅이지만 예전에는 여진인들이 활발하게 활동하던 곳이에요. 그런 까닭에 여진인들이 만들었던 옛 진지들이 곳곳에 남아 있습니다. 운이 좋으면 흡혈귀 성 가까이, 어쩌면 성 안쪽에 있을지도 모르지요. 돌무더기와 풀 더미로 위장한 뒤 여진인들만 아는 표식―그게 뭔지 퉁 소장은 말하지 않았어요―을 남겨 놓았기 때문에 흡혈귀는 눈치채지 못했을 거예요."

장영실 나리가 세종 임금님을 쳐다보았어요. 습관처럼 손을 코로 가져가려던 세종 임금님이 머쓱한 듯 손을 재빠르게 감추며 말했어요.

"결정은 그대가 하시게나. 어떤 결정을 내리든 따를 테니."

장영실 나리가 고개를 끄덕인 후 원정대원들을 바라보며 말했어요.

"퉁 소장의 말을 따르겠습니다. 일단 여진 무사들만 보내기로 합시다!"

두 개의 태양이 서쪽으로 한 발짝 움직였을 무렵, 정찰을 나갔던 여진 무사들이 돌아왔어요. 여진 무사 중 한 명이 흥분한 목소리로 말했어요.

"옛 진지를 발견했습니다!"

퉁 소장이 긴장하며 물었어요.

"위치는?"

"흡혈귀 성 안쪽에 있습니다."

성삼문 부소장이 펄쩍 뛰며 말했어요.

"뭐, 안쪽에? 지금 우리더러 흡혈귀 성으로 그냥 들어가라는 이야긴가? 호랑이 굴에, 호랑이만큼, 아니 호랑이보다 백배는 더 무시무시한 괴물 흡혈귀가 두 눈을 시퍼렇게 뜨고 있는 굴에? 제 발로?"

수석 요리사는 성삼문 부소장의 입을 막으며 소리쳤어요.

"나리, 제발 다 듣고 말씀하세요!"

퉁 소장은 계속 여진 무사에게 물었어요.

"안으로는 어떻게 들어갔느냐?"

"성 주위를 조심스럽게 살폈지요. 수풀로 가득한 옆쪽에 성벽이 살짝 허물어진 곳이 있더군요. 무사 둘이 흡혈귀 박쥐를 유인하는 동안 저와 다른 무사가 안으로 뛰어 들어갔습니다. 곧바로 낮은 언덕이 나타났고 언덕 중턱에 익숙한 돌무더기와 풀 더미, 그리고 우리의 표식이 보였어요. 지켜보는 흡혈귀 박쥐가 없

다는 것을 확인한 후 출입구를 찾아 들어가 보았습니다. 겉은 많이 허물어졌어도 내부는 튼튼했어요."

"중요한 발견을 했군. 고생하셨소."

세종 임금님이 여진 무사들을 치하하고 나서 퉁 소장에게 말했어요.

"이제 우리가 어떻게 하면 좋겠소?"

퉁 소장이 대답했어요.

"서둘러 옛 진지로 가야 합니다. 옛 진지에는 흡혈귀와 싸울 때 쓸 수 있는 무기는 물론, 비상식량까지 준비되어 있어요. 무엇보다 진지 안에는 사방팔방으로 통하는 비밀 통로가 여러 개 있습니다. 그 통로로 이동하면 흡혈귀를 뒤에서 덮칠 수도 있을 거예요."

그 말을 듣고 세종 임금님이 장영실 나리에게도 의견을 묻자, 장영실 나리가 대답했어요.

"글쎄요, 다 좋습니다만 성벽 한쪽이 눈에 띄게 허물어졌다는 게 무척 수상합니다. 흡혈귀가 우리를 유인하려고 일부러 허물어 놓은 게 분명합니다."

"흡혈귀가 성벽을 일부러 무너뜨렸다고 해도 옛 진지가 있다는 사실은 전혀 몰랐을 겁니다. 흑적산에 익숙한 여진인 말고는 알 수 없으니까요. 어떻게든 옛 진지에만 들어가면 맞서 싸울 방법을 찾을 수 있습니다."

그러자 장영실 나리가 수염을 한 번 쓰다듬더니 힘주어 말했어요.

"너무 위험합니다!"

퉁 소장이 주먹을 세게 쥐고는 더 크게 소리쳤어요.

"위험한 건 저도 알아요. 그렇다고 가만있을 수는 없습니다. 목숨을 걸고서라도 반드시 해야 해요!"

찬성과 반대 의견이 팽팽하게 맞선다는 건 이미 앞에서 말했지요. 임금님은 깊은 한숨을 내쉬었어요.

"그렇다면 내 의견을 밝혀야겠군. 내 생각엔……."

그때 여진 무사가 갑자기 끼어들었어요.

"드릴 말씀이 있습니다."

성삼문 부소장이 날카로운 목소리로 말했어요.

"여진 무사는 빠지시오. 감히 여기가 어디라고, 여진인이 임금님의 말을 중간에 끊고……."

세종 임금님이 굵은 손가락으로 성삼문 부소장을 가리키더니 화를 아주 조금 숨긴 듯한 목소리로 말했어요.

"다 같은 원정대원들이오. 차별은 절대 금지! 여진인이건 조선인이건 지위가 무엇이건 간에 할 말이 있으면 언제든 자유롭게 할 권리가 있소. 자, 말해 보시오."

　여진 무사가 눈치를 보며 조심스럽게 입을
열었어요.

　"가만히 듣고만 있으려 했습니다만 모두의 목숨과
관련된 중요한 정보라, 결정하시기 전에 꼭 말씀드려야 할 것
같아서……."

　세종 임금님이 인자한 얼굴로 웃으면서 고개를 끄덕이자, 여진
무사가 말을 이었어요.

　"흡혈귀 박쥐가 입마개를 했습니다. 발톱은 더 날카로워졌고
요. 공격을 막느라 무척 고생했습니다."

　"그게…… 정말인가?!"

　퉁 소장과 장영실 나리가 동시에 소리쳤어요. 여진 무사는 두

사람을 교대로 바라보며 고개를 끄덕였어요.

　세종 임금님이 말했어요.

　"흡혈귀 박쥐가 진화했다는 뜻이로군. 흡혈귀가 재빨리 손을 쓴 것이겠지. 입마개는 어쩜 그리 빨리 구했을까? 정말 무서운 자야."

원정대원들은 각자의 생각을 솔직하게 밝혔어요.

"이제 신선한 고기 공격은 못 하겠군요."

"좋은 점도 있습니다. 더는 흡혈귀 박쥐의 이빨 때문에 고생하지 않아도 되니까요."

"발톱이 더 날카로워졌다는 건 큰 문제입니다."

"그래도 싸워 볼 만합니다."

세종 임금님이 고개를 끄덕인 후 말했어요.

"좋은 점과 나쁜 점이 모두 있구려. 상황이 바뀌었으니 의견을 다시 물어야겠소. 위험하니 가지 말아야 한다고 여기는 이는 손을 들어 보시오."

성삼문 부소장이 번쩍 손을 들었어요. 이번에 손을 든 사람은 성삼문 부소장 한 명뿐이었어요. 장영실 나리가 생각을 바꾼 거예요.

"흡혈귀 박쥐들에게 물릴 가능성이 사라졌다면 해 볼 만하다고 봅니다."

세종 임금님이 자리에서 벌떡 일어났어요. 임금님은 주먹을 꼭 쥐고는 이렇게 말했어요.

"옛말에 이르기를 아무것도 하지 않으면 아무런 일도 일어나지 않는다고 했소. 지금 우리는 가만히 시간만 보내면 오히려 손해인 상황이오. 나는 앉아서 당하기보다는 뭔가를 해 보는 편이

낫다고 생각하오. 자, 여러분의 생각은 어떠신지?"

　다들 세종 임금님의 말을 따르겠다며 고개를 숙였어요. 물론 그 와중에도 성삼문 부소장은 불만스러운 표정으로 구시렁거렸지만요.

2장

흡혈귀 성의 비밀 진지

원정대원들은 커다란 바위 뒤에 자리 잡고 두 눈을 부릅뜬 채로 흡혈귀 성을 바라보았어요. 흡혈귀는 여전히 보이지 않았어요. 여진 무사 말대로 입마개를 한 흡혈귀 박쥐들만 담 위에 앉아 원정대원들을 노려보고 있었지요. 장영실 나리가 말했어요.

"그럼 작전대로 합시다."

장영실 나리와 조선 무사들이 흡혈귀 성으로 곧장 다가가 흡혈귀 박쥐들을 상대하는 동안 퉁 소장이 나머지 원정대원들을 이끌고 옛 진지로 들어가는 작전이었지요. 먼저 나서는 장영실 나리와 조선 무사들을 향해 다들 한마디씩 했어요.

"조심하세요!"

"박쥐 오줌 잘 피하세요!"

"다치지 말고요!"

"흡혈귀가 언제든 나타날 겁니다!"

"곧 다시 만납시다!"

장영실 나리 일행을 본 흡혈귀 박쥐들이 하품하듯 입을 벌리고 몸을 괴상하게 비틀었어요. 그러고는 크게 날갯짓을 한 후 일제히 날아올랐어요. 그 모습을 본 숙희가 살짝 울먹였어요. 여인이 숙희의 손을 잡으며 말했어요.

"걱정할 것 하나도 없어. 괜찮을 거야."

퉁 소장이 손을 들고 외쳤어요.

"자, 우리도 서두릅시다."

여진 무사들이 앞장서고 그 뒤를 퉁 소장이, 또 그 뒤를 나머지 원정대원들이 따랐어요. 그들은 조금이라도 눈에 덜 띄려고 몸을 숙이고 온 힘을 다해 달렸어요. 하지만 흡혈귀 박쥐들은 눈치가 참 빨랐어요. 장영실 나리 쪽으로 향했던 박쥐들 중 일부가 퉁 소장이 이끄는 무리 쪽으로 우르르 몰려왔어요. 원정대원들은 헉헉거리며 더, 더 빠르게 달렸어요.

여진 무사가 외쳤어요.

"이쪽입니다!"

수풀이 우거진 곳이었어요. 자세히 보니 살짝 허물어진 부분이 보였지요. 허물어졌다기보다는 일부러 부순 것 같았어요. 보나 마나 흡혈귀의 짓이겠지요.

퉁 소장이 말했어요.

"이제부터는 흡혈귀의 공격에 대비해야 합니다. 분명 우리가 성으로 들어오기만을 기다릴 겁니다. 저와 무사들이 흡혈귀 박쥐들을 상대할 테니, 그 틈을 타 안으로 들어가세요. 힘들어도 최대한 빠르게 움직여야 합니다!"

퉁 소장과 두 명의 여진 무사가 들국화 뿌리를 입에 넣고 씹으며 앞으로 나아갔어요. 그들이 입을 쓸 수 없어 조금은 덜 무시무시해진, 하지만 발톱은 훨씬 더 날카로워진 흡혈귀 박쥐들과 싸우는 동안 나머지 원정대원들은 또 다른 두 명의 여진 무사 뒤를 따랐지요. 그런데 성 내부로 들어간 지 얼마 안 되어 이상한 일이 일어났어요. 여진 무사들이 갑자기 사라진 거예요. 다들 어리둥절해 있는데 갑자기 땅속에서 손 하나가 나타나 덥석 세종 임금님의 손을 잡았어요. 임금님이 어이쿠, 조그맣게 소리쳤어요. 여진 무사가 속삭이는 소리가 들렸어요.

"앞사람을 붙잡고 따라오세요."

성삼문 부소장이 재빨리 세종 임금님의 두툼한 허리를 잡았어요. 내관은 숙희를 성삼문 부소장 뒤에 서게 한 뒤 동작이 굼뜬 수석 요리사를 이끌었지요. 그리고 여인이 수석 요리사의 허리를 붙잡은 걸 본 뒤에야 여인의 뒤에 섰어요. 여진 무사가 다시 속삭였어요.

"이제 들어갑니다! 놀라지 마세요!"

원정대원들은 경사진 지하 동굴로 들어가는 놀이공원 열차처럼 땅속으로 쑥 빨려 들어갔어요. 어이쿠, 쿵, 쾅 하는 소리가 이어졌어요. 몸이 바닥에 닿자 원정대원들은 띵한 머리를 흔들며 주위를 살폈어요. 그 순간, 모두가 눈을 의심할 수밖에 없었어요. 지하에 있으리라고는 생각하지도 못했던 광활한 공간이 펼쳐져 있는 게 아니겠어요? 세종 임금님이 엉덩이를 털고 일어나 호기심 가득한 눈으로 주위를 살펴보며 감탄했어요.

"여진의 진지를 내 눈으로 보다니! 책에서 읽은 것이 사실이었구려. 참으로 비밀스러운 공간을 튼튼하게 잘 만들었소."

임금님 말대로였어요. 퉁 소장은 옛 진지라고 했지만 전혀 낡아 보이지 않았어요. 허물어진 곳도 없었고 군데군데 뚫린 좁고 긴 구멍을 통해 바깥 풍경도 보였지요. 여진인들만 입구를 알 정도였으니 비밀스러운 부분에 대해서는 더 붙일 말도 없을 정도였고요. 더 놀라운 건 통로가 여럿 있다는 점이었어요. 퉁 소장이 말했듯 통로는 또 다른 진지와 연결된 것처럼 보였어요. 다들 눈을 크게 뜨고 감탄하는 동안 여진 무사가 말했어요.

"여기서 잠깐 기다리세요. 제가 나가서 모두 무사히 들어왔다

고 알리겠습니다."

밖으로 나가려는 여진 무사들을 여인이 멈춰 세웠어요.

"저도 같이 갈래요."

"위험합니다. 흡혈귀가 언제 나타날지 모릅니다."

"제가 누군지 모르세요? 전 흡혈귀 감별사예요. 흡혈귀를 물리친 경험이 있으니 틀림없이 도움이 될 거예요."

여진 무사들이 의견을 구하듯 세종 임금님을 보았고, 임금님은 고개를 끄덕였어요. 그러자 숙희도 나섰지요.

"저도 같이 갈래요. 저는…… 흡혈귀 감별사 친구예요."

여진 무사들은 고개를 살짝 갸웃하며 세종 임금님을 보았어요. 이번에는 임금님이 고개를 저었지요. 여인은 여진 무사들의 뒤를 따라가며 외쳤어요.

"숙희야, 너는 임금님을 잘 모시고 있어!"

여인과 여진 무사들은 어두컴컴한 통로를 지나 밖으로 나왔어요. 여인은 밖으로 나오자마자 뒤돌아 금방 나온 곳을 보았어요. 그런데 출입구는 이미 사라진 후였어요. 그리고 바위에 소용돌이가 희미하게 나타났다가 금방 사라졌지요. 여인은 여진인들의 빼어난 솜씨에 감탄하면서 여진 무사들의 뒤를 따랐어요.

밖에서는 퉁 소장과 여진 무사들, 그리고 유인 작전을 마치고 합류한 장영실 나리와 조선 무사들이 박쥐들과 싸우고 있었어요. 비록 입을 쓸 수는 없어도 흡혈귀 박쥐들은 여전히 무시무시했어요. 입마개 때문에 박쥐들을 썩은 고기로 유인할 수도 없어서 장영실 나리와 무사들은 활과 포획 장치에만 의존하여 힘겹게 싸움을 이어 나갔지요.

여진 무사들과 여인이 활을 쏘면서 다가가자 장영실 나리가 그들을 발견하고 손을 흔들었어요. 그러고는 들국화 뿌리를 씹으면서 활을 쏘거나 이리저리 뛰어다니면서 흡혈귀 박쥐의 날카로운 발톱 공격과 지저분한 오줌 공격을 피했지요. 퉁 소장이 외쳤어요.

"곧 흡혈귀가 나타날 겁니다. 우리도 얼른 진지로 들어가야 합니다!"

여인이 장영실 나리 곁에 서서 말했어요.

"제 손을 꼭 잡으세요. 이제 엄청난 일을 겪으실 거예요."

"미안하지만 난 웬만한 일에는 놀라지 않는 강심장…… 어? 다들 어디로 갔지?"

소용돌이무늬 바위 바로 앞에 있던 여진 무사들과 퉁 소장이 순식간에 사라지자, 장영실 나리는 영문을 몰라 어리둥절했어요. 뒤이어 여인이 빙긋 웃으며 바위로 뛰어들었고 장영실 나리는 손을 붙들린 채로 겁에 질려 외쳤어요.

"여인아, 위험……!"

잠시 후 장영실 나리와 조선 무사들의 비명이 들렸어요. 물론 어이쿠, 쿵, 쾅 하는 소리도 이어졌어요. 여인은 여전히 어리둥절한 표정을 하고 앉아 있는 장영실 나리를 일으켜 세우며 말했어요.

"강심장이라고 하셨나요?"

장영실 나리는 대답 대신 머쓱하게 웃었어요. 여인이 손을 앞으로 내밀며 말했어요.

"자, 여기가 우리의 새로운 진지랍니다."

진지에서 초조하게 기다리고 있던 원정대원들이 새로 온 일행을 반갑게 맞이했어요. 헤어져 있던 시간은 얼마 안 되었는데, 사람들은 마치 몇 년 만에 다시 만나는 것처럼 요란하게 인사를 나누었지요. 그러나 안타깝게도 기쁨을 나눌 시간은 그리 길지 않았어요. 곧 위에서 흡혈귀의 어둡고 지저분한 목소리가 들려왔거든요.

"내 소굴에 제발로 들어온 걸 환영한다. 다 알면서도 일부러 모른 체했던 건 눈치챘겠지?"

세종 임금님이 으흠, 목청을 가다듬고 대답하려 했어요. 그러자 통 소장이 임금님을 말리듯 손가락을 입에 대며 쳐다봤어요. 임금님은 고개를 끄덕이고는 입을 다물었지요.

흡혈귀가 다시 말했어요.

"웅? 잘 안 들리나? 어이, 하나, 둘, 셋, 어이? 하여간 듣고 있으리라 믿고 이야기하겠다. 자, 진짜 충신을 몰라보고 보잘것없는 이들을 등용해 나라를 엉망진창으로 만든 한심한 임금님께 정식으로 인사드리겠습니다. 임금님 밑에서 꾹 참고 병조 참판을 지낸 제가 이곳의 주인이랍니다. 즉, 임금님보다 훨씬 더 위에 있는 황제라는 뜻이지요. 혹시 살고 싶으십니까? 방법이 딱 한 가지 있답니다. 제게 예의를 갖추시지요. 악과 어둠의 황제인 저를 황제 폐하라고 부르며 고개를 푹, 푹푹 숙이시면 된다, 이 말입니다. 잘 알아들으셨습니까?"

성삼문 부소장이 깊은 한숨을 쉬며 투덜거렸어요.

"내가 뭐라고 했소? 저들은 다 알고 있다고 말하지 않았소? 말이 좋아 진지지 솔직히 지하에 갇힌 게 아니오? 이제 어떻게 할 거요?"

퉁 소장이 조용히 하라는 듯 다시 손가락을 입에 댔어요. 수석 요리사는 자연스럽게 성삼문 부소장의 입에 손을 가져갔고요. 성삼문 부소장은 이제 지쳤는지 수석 요리사의 손을 뿌리치지도 않고 가만있었어요. 퉁 소장은 좁고 긴 틈으로 밖을 본 뒤 나지막한 목소리로 말했어요.

"좋은 소식 한 가지와 나쁜 소식 한 가지가 있습니다. 무엇부터 말할까요?"

세종 임금님이 말했어요.

"평소에는 나쁜 소식부터 듣지만 지금은 다들 기운을 차려야 하니 좋은 소식부터 듣기로 하지요."

"저들은 우리의 위치를 모릅니다."

"그게 무슨……."

성삼문 부소장이 날뛰려는 것을 수석 요리사가 재빨리 막았어요. 세종 임금님이 물었어요.

"그럼 나쁜 소식은?"

"병조 참판을 빼고도 흡혈귀의 수가 상당합니다. 병조 참판 편에 섰던 고을 수령들이겠지요. 밖을 한번 보시지요."

세종 임금님이 퉁 소장 곁으로 가서 고개를 내밀었어요. 뒤이어 장영실 나리가 바깥을 확인한 후 원정대원들에게 조용한 목소리로 말했어요.

"퉁 소장 말대로입니다. 병조 참판 흡혈귀는 우리가 어디 있는지 모르는군요. 엉뚱한 곳을 보고 떠들어 대고 있어요. 그 건너편에 다른 흡혈귀 네다섯이 있고요."

원정대원들 모두 퉁 소장 쪽으로 가서 밖을 보았어요. 좁고 동그란 틈으로 병조 참판 흡혈귀(너무 길어서 앞으로는 병 흡혈귀라고 부를게요!)의 커다란 엉덩이가 보였지요. 건너편에는 여러 흡혈귀가 줄지어 서 있었고요. 병 흡혈귀가 엉덩이를 씰룩였어요.

"왜 대답이 없나? 설마 무시하는 건가? 그런 건가? 흠…… 슬슬 화가 나려 하는군."

장영실 나리가 조용히 말했어요.

"여기 계속 머물러 있으면 결국 저들이 우리 위치를 알아챌 겁니다. 이제 어떻게 하면 좋을까요?"

제일 먼저 의견을 밝힌 건 원정에 나선 후 부쩍 용감해진 내관이었어요.

"당장 나가서 맞서 싸워야지요."

성삼문 부소장이 곧바로 받아쳤어요.

"무슨 소리? 맞서 싸우다간 뼈도 못 추릴 것이오. 저들은 우리가 알던 흡혈귀가 아니오. 흡혈귀 성의 엄청난 크기며 하늘에 뜬 두 개의 태양을 좀 보시오. 흡혈귀 성으로 오는 길에 부려 놓은 요술도 그렇고, 보통 솜씨가 아니라니까. 방법을 찾기 전까지 꼭꼭 숨어 있어야 하오. 일단 뜨거운 불은 피하고 봐야 하지 않겠소?"

둘 다 틀린 말은 아니었어요. 여기까지 와서 물러설 수는 없는 법. 흡혈귀와 맞서 싸우는 건 당연한 일이지요. 하지만 당장은 흡혈귀를 물리칠 방법을 찾기 어려우니 시간을 벌 방법도 생각해 봐야 해요.

퉁 소장이 말했어요.

"이번에도 조를 두 개로 나누는 게 좋겠습니다. 첫 번째 조는 통로를 이용해 다른 진지로 이동합시다. 아마 꽤 멀리까지 갈 수 있을 겁니다. 운이 좋으면 흡혈귀 성의 약점을 발견할 수도 있겠지요."

세종 임금님이 걱정스러운 얼굴로 물었어요.

"그럼 두 번째 조는?"

장영실 나리가 대신 대답했어요.

"첫 번째 조가 자리를 잡고 흡혈귀 성의 약점을 찾는 동안 흡혈귀들을 상대해야지요."

"위험하지 않겠소?"

"위험하지요. 하지만 지금 병 흡혈귀는 기고만장한 상태라 우리를 가지고 놀고 싶을 겁니다. 당장 해를 끼치지는 않을 것이라는 뜻입니다. 더군다나 병 흡혈귀의 목표는……."

"병 흡혈귀의 목표는 바로 임금인 나다, 이 말이오?"

장영실 나리는 세종 임금님의 질문에 답하는 대신 이렇게 말했어요.

"일단 흡혈귀들과 마주해 봐야 저들의 힘을 가늠할 수 있습니다. 싸움에서는 적을 정확히 아는 게 무엇보다 중요하니까요."

그때 병 흡혈귀가 발을 쿵쾅거리며 외쳤어요.

"내 말을 못 알아듣는군. 죽고 싶지 않으면 당장들 나와라.

꼭꼭 숨어 있다고 생각하겠지만 어림없다. 우리가 마음먹고 뒤지면 금방 찾는다. 그때는 다들 뼈도 못 추릴 것이다. 지금 순순히 기어 나와서 내 앞에 공손히 무릎을 꿇는 게 좋을걸?"

병 흡혈귀는 코를 풀 듯 컹컹 괴상하게 웃었고 다른 흡혈귀들은 뜨뜨뜨 더 괴상한 소리로 웃었어요.

세종 임금님이 말했어요.

"원정대원들을 위험에 내몰다니 못 할 짓이오. 일이 이렇게 된 건 다 나의 책임이오. 내가 나가겠소."

"안 됩니다. 제 할 일을 빼앗지 마세요."

당장 움직이려는 세종 임금님의 앞을 막아선 건 바로 여인이었어요. 여인이 말을 이었어요.

"제가 좀 심하게 이야기하겠습니다. 아까부터 말하고 싶었는데 임금님이라 꾹 참고 있었거든요. 임금님, 왜 좋은 머리를 안 쓰시는지 모르겠어요. 앞장서는 건 멋있어 보일지 몰라도 아무런 도움이 안 됩니다. 끝까지 숨어 계시는 게 대원들을 진짜로 돕는 일이에요!"

여인의 말에 세종 임금님의 얼굴이 잔뜩 붉어졌어요.

"음…… 네 말이 맞기는…… 하구나."

여인이 목소리를 조금 높였어요.

"그리고 임금님께서 하셔야 할 일이 있잖아요."

"그게 무엇이냐?"

"흡혈귀의 힘이 엄청나게 강해진 이유가 있을 거예요. 제 생각에는 흡혈귀 성에 뭔가 특별한 게 있는 것 같아요. 흡혈귀를 강하게 만든 뭔가가. 그게 뭔지 알아내고 그 힘을 없앨 방법을 찾아내야 해요. 그건 임금님만 하실 수 있는 일이에요."

세종 임금님은 연신 고개를 끄덕였어요.

다시 여인이 말했어요.

"그럼, 제가 나가서 흡혈귀들과 상대하겠습니다. 아무리 강력해진 흡혈귀들이라도 크게 당한 적이 있으니 저를 조금은 무서워할 거예요."

다들 여인과 함께 가겠다고 앞다투어 목소리를 높였어요. 성삼문 부소장과 퉁 소장만 빼고요. 그런데 두 사람이 나서지 않은 이유는 완전히 달랐어요. 성삼문 부소장은 나갈 생각이 전혀 없었고, 퉁 소장은 당연히 자신이 나가야 한다고 생각했거든요. 한바탕 떠들썩한 순간이 지나가자 퉁 소장이 여인에게 눈빛으로 신호를 보냈어요. 여인은 고개를 끄덕였어요.

퉁 소장이 원정대원들에게 말했어요.

"제가 함께 나가겠습니다. 첫 번째 조는 장영실 나리께서 인솔해 주십시오."

장영실 나리가 발끈했어요.

"그게 무슨 소리요? 내가 나간다니까요. 무엇보다도 비밀 통로를 가장 잘 아는 건 퉁 소장 아닙니까? 그런데 왜……."

여인이 나서서 장영실 나리의 말을 잘랐어요.

"나리는 안에 계세요. 나리 역시 전혀 도움이 안 됩니다. 저를 도울 수 있는 사람은 저와 같은 흡혈귀 감별사인 퉁 소장님밖에 없어요."

장영실 나리는 뭔가를 말하려는 듯 입을 조금 벌렸다가 이내 다물고 고개를 끄덕였어요.

"같은 흡혈귀 감별사라…… 알겠다. 그럼 퉁 소장, 미안합니다. 그리고 잘 부탁합니다."

퉁 소장이 빙긋 웃은 후 말했어요.

"지금부터 재미난 것을 보여 드리겠습니다."

퉁 소장의 말에 원정대원들이 다들 고개를 갸웃했어요. 심각해질 대로 심각해진 이 상황에서 재미라니 무척 이상한 표현이라 생각했지요.

퉁 소장이 진지를 둘러보며 말했어요.

"사실 진지에는 무기와 식량이 숨겨져 있답니다. 그게 어디에 있냐면……."

퉁 소장이 벽 한 곳을 손으로 툭툭 쳤어요. 그러자 흙이 허물어지고 두 개의 네모난 공간이 나타났어요. 식량 창고와 무기고였어요. 식량 창고에는 쌀과 보리 같은 곡식이, 무기고에는 활과 화살, 창들이 있었어요. 퉁 소장은 수많은 무기를 제쳐 놓고 제일 아래에 있던 흰 뼈를 집어 들었어요.

여인이 의아해하며 말했어요.

"흡혈귀를 공격할 때 쓰는 정결한 소의 흰 뼈네요. 하지만 그거라면 이미 우리도 다 가지고 있는데요."

"여진의 것은 조금 다릅니다. 이 흰 뼈에는 흡혈귀의 정신을 얼마간 쏙 빼 놓는 검은 멧돼지 콧기름과 지렁이 오줌이 잔뜩 발라져 있지요."

퉁 소장이 여인에게 흰 뼈를 건넸어요. 여인이 냄새를 맡은 후 말했어요.

"그러네요. 검은 멧돼지 콧기름과 지렁이 오줌 냄새. 흡혈귀가 꽤 싫어하는 것들이지요. 한 가지 더 있네요. 올빼미 똥!"

퉁 소장이 웃으며 말했어요.

"역시 여인님은 모르는 게 없군요!"

장영실 나리가 말했어요.

"내가 좀 봐도 되겠습니까?"

"그럼요."

"으악!"

그때 장영실 나리가 비명을 질렀어요. 손바닥 두세 개를 합쳐 놓은 길이의 흰 뼈가 갑자기 쓱 길어져서 장영실 나리의 코끝까지 가 닿았거든요. 장영실 나리는 놀란 마음을 진정시키고 코를 살짝 문지르며 말했어요.

"오호라, 길게 늘릴 수 있군요."

"네! 사람 키 두세 배까지 길어진답니다."

"여의봉 같은 흰 뼈라, 흡혈귀들이 깜짝 놀라겠습니다."

"물론 이것만으로 강해질 대로 강해진 흡혈귀들을 완전히 물리칠 수는 없어요. 하지만 저들은 이 무기를 본 적이 없으니 그래도 꽤 도움이 될 겁니다."

퉁 소장은 무기고에서 또 다른 무기를 꺼냈어요. 작은 공처럼 생긴 무기였지요. 성삼문 부소장이 아는 체했어요.

"그건 나도 안다오. 『병가상서』에서 보았소. 던지면 고춧가루가 팍 터지는 무기 맞지요?"

"네, 맞습니다."

퉁 소장은 원정대원들에게 여진인들이 만든 무기들을 나눠 주며 말했어요.

"이 무기들을 제때 사용하면 어느 정도 효과는 있을 겁니다."

세종 임금님이 웃으며 말했어요.

"고맙소. 재미있는 일이 벌어지겠구려. 이래 봬도 내 예감은 꽤 정확하거든."

세종 임금님의 예언 같은 발언에 처질 대로 처졌던 분위기가
다시 되살아났어요. 여인과 퉁 소장은 원래 가지고 있던 무기에
다 새로운 무기까지 더한 뒤 원정대원들 앞에 섰어요. 그러고는
서로 눈을 맞춘 후 대원들을 향해 동시에 외쳤어요.

"다녀오겠습니다!"

3장

병 흡혈귀와 흡혈귀 감별사

여인과 퉁 소장은 주위를 살피려 틈새로 얼굴을 들이밀었어요. 눈앞에 병 흡혈귀의 거대한 엉덩이가 보였어요. 여인이 새로운 무기인 여진의 정결한 흰 뼈를 들고 손을 쭉 뻗자 흰 뼈가 금세 늘어나 병 흡혈귀의 엉덩이를 툭 치고는 다시 원래대로 짧아졌어요. 병 흡혈귀는 엄마야, 하고 펄쩍 뛰고 호들갑스럽게 손발을 부르르 떨며 뒤를 돌아보았어요. 그 자리에 여인과 퉁 소장, 두 사람이 서 있었어요. 잠깐 어리둥절하던 병 흡혈귀는 아무일도 없었던 것처럼 흠흠, 목을 가다듬고 두 눈에 잔뜩 힘을 주며 입을 열었어요.

"드디어 어둠의 황제에게 항복하러 나오셨군. 그런데 왜 너희뿐이냐?"

여인이 말했어요.

"항복은 무슨. 싸우러 왔지. 조무래기 상대로는 우리 둘이면 충분하니까."

병 흡혈귀가 껄껄껄 웃으며 말했어요.

"조무래기? 아직도 정신을 못 차렸군. 간이 아예 배 밖으로 나왔어. 귀엽네, 귀여워. 하지만 나는 예전의 내가 아니야. 전보다 수백 배, 아니 수천, 수만 배는 강해진 존재라고. 너희가 아무리 뛰어난 흡혈귀 감별사라도 너희는 지금의 나를 절대 이길 수 없다!"

"그건 네 생각이지. 강해져 봤자 나한테는 안 될걸. 그나저나 저 뒤에 있는 꼬마 흡혈귀들은 다 뭐야?"

꼬마라는 말을 들은 흡혈귀들이 크르르 떨며 분노했어요. 병 흡혈귀가 손을 들어 그들을 진정시킨 후 말했어요.

"꼬마라니! 저들은 나와 뜻을 같이하는 훌륭한 동지들이다. 사람도 제대로 볼 줄 모르는 한심한 임금이 다스리는 나라를 바꾸려고 여러 고을의 수령들이 내 편에 섰지."

"아이고, 정신들이 나가셨네. 보는 눈이 참 없으셔."

여인은 한심하다는 듯 이마를 짚고는 고개를 크게 저었어요. 그러자 분노한 병 흡혈귀가 발을 높이 들었다 놨어요. 주변의 땅이 세게 흔들렸어요. 마치 지진이 일어난 것처럼요.

병 흡혈귀가 사나운 목소리로 말했어요.

"어린애 장난은 여기까지. 이제 더 봐주지……."

"하나만 물어봐도 돼?"

여인이 병 흡혈귀의 말을 자르며 물었어요.

"뭐냐?"

"흡혈귀에 대해 모르는 게 없는 내가 도저히 이해할 수 없는 점이 있어서. 넌 분명히 박쥐로 변했는데 어떻게 다시 흡혈귀가 된 거야? 그건 불가능하지 않나?"

병 흡혈귀가 크크크 웃은 후 대답했어요.

"그건 내 작전이었지."

"작전은 아닌 것 같거든. 넌 그렇게 똑똑하지 않잖아. 그러니 제대로 대답해 주면 좋겠어."

병 흡혈귀가 화를 내려다가 퉁 소장을 유심히 보았어요. 그러더니 흉측한 손가락으로 퉁 소장을 가리키며 말했어요.

"거기 서 있는 넌 여진인이지? 얼굴이 익숙한데 혹시 그 유명한 퉁치고의 아들?"

"난 조선의……."

퉁 소장이 설명하려다가 말고 그냥 고개를 끄덕였어요.

병 흡혈귀가 말했어요.

"그렇다면 이곳 흑적산이 어떤 곳인지 알겠군."

"여러 나라 간 큰 싸움이 수차례 벌어진 전쟁터였지."

"그렇다. 역시 여진인이라 잘 알고 있군. 흑적산은 예로부터 요충지로 여겨진 지역이라 피 튀는 싸움이 수없이 일어난 곳이 었다."

여인이 외쳤어요.

"지루해서 하품이 나네. 다 아는 얘기 그만하고 결론만 말해."

병 흡혈귀가 여인을 잠깐 노려보곤 다시 말했어요.

"이곳에서 수많은 사람이 억울하게 죽었다. 분노를 잔뜩 품은 사람들의 마음은 멀리 가지 못하고 여기 흑적산 곳곳에 스며들었지. 그렇게 수백 년 동안 분노가 쌓인 결과, 이 땅에 거대한 악이 만들어졌다는 말씀. 박쥐가 된 나는 북쪽, 또 북쪽으로 날다가 우연히, 아니지, 운명적으로 이곳에 도착했다. 이파리도 없는 앙상한 나뭇가지에 앉자마자 이곳의 악이 온몸으로 느껴지더군. 나더러 어서 오라고 환영의 손을 뻗었어. 그래서 입을 크게 벌렸지. 그랬더니 어떻게 되었을까?"

병 흡혈귀는 잠시 멈추었다가 입을 크게 벌리고 엄청난 소리를 질렀어요.

"으아아아아아아아악!"

소리에 비해서는 무척 조그마한 검은 구름이 병 흡혈귀의 입

에서 뽀로롱 귀엽게 흘러나왔어요. 속으로 잔뜩 긴장했던 여인
은 어이가 없어서 씩 웃었지요. 그런데 검은 구름은 금세 사람
몸집만큼 부풀었고 이내 두 배 크기가 되어 여인과 통 소장 앞

으로 빠르게 다가왔어요. 검은 구름이 두세 배 더 커지자 두 사람은 자기도 모르게 몸을 움츠렸어요. 잠시 후 검은 구름은 마치 살아 있는 사람처럼 키키키 웃은 후 다시 작아져서 병 흡혈귀의 입속으로 들어갔어요. 병 흡혈귀가 흐흐흐 음산하게 웃으며 말했어요.

"이것이 바로 내가 다시 흡혈귀가 된 후 이곳에서 모은 악의 정수다. 물론 진짜는 따로 있고 너희에게 보여 준 건 일종의 휴대용 악이지. 조무래기들에게 쓰는."

"휴대용 악? 그럼 진짜는?"

"하나부터 열까지 다 가르쳐 주랴? 이제 설명 시간은 끝났다. 너희에게 확실히 말하마. 이곳은 진정한 악의 땅, 그리고 악의 주인은 바로 나다. 착한 마음 같은 건 이곳에서 전혀 통하지 않는다!"

병 흡혈귀가 손을 번쩍 들었어요. 그러자 하늘에 뜬 두 개의 태양이 교대로 밝아졌다가 어두워졌고, 땅이 출렁다리처럼 크게 흔들렸어요. 여인과 통 소장은 넘어지지 않으려고 온몸에 힘을 주며 버텼어요. 곧 흡혈귀가 손을 내리자 하늘이 다시 밝아졌고 마구 흔들리던 땅이 거짓말처럼 잠잠해졌어요.

병 흡혈귀가 말했어요.

"어떠냐? 내가 가진 힘을 눈곱만큼만 보여 준 거다."

"어떠냐고? 눈곱이 참 더럽구나."

여인은 흡혈귀를 향해 씩 웃은 다음 퉁 소장을 보며 고개를 끄덕였어요. 그러자 퉁 소장이 재빨리 화살을 쏘아 댔어요. 여인은 한손에는 뼈를, 다른 손에는 고춧가루 공을 들고 병 흡혈귀를 향해 달려가며 외쳤어요.

"거대한 악이건 휴대용 악이건 간에 어리석은 병 흡혈귀는 내 공격이나 받아라!"

큰소리를 쳤지만 여인의 속마음은 달랐어요.

'이렇게 강한 흡혈귀들을 내가 물리칠 수 있을까?'

그런데 이게 웬일일까요? 병 흡혈귀는 퉁 소장이 쏘아 대는 화살을 겨우 피할 만큼 둔했어요. 여인은 기회를 놓치지 않고 고춧가루 공을 곳곳에 던졌어요. 그러자 수령 흡혈귀들이 눈을 비비며 괴로운 듯 소리를 질렀어요. 제일 가까이 있던 병 흡혈귀는 몸부림치며 눈물을 죽죽 흘렸고요. 여인은 온 힘을 다해 뛰어올라 병 흡혈귀의 머리를 흰 뼈로 세게, 그것도 연속으로 때렸어요. 비틀거리며 다가온 다른 흡혈귀들은 길게 쭉 뻗은 퉁 소장의 흰 뼈에 맞고 주춤거렸어요.

병 흡혈귀가 비명을 질렀어요.

"어이쿠, 이게 도대체 무엇이냐? 냄새도 대단하고 파괴력도 놀랍구나. 내 머리가 바가지처럼 와장창 깨질 것 같구나."

병 흡혈귀가 비틀거리더니 무릎을 꿇었어요. 여인이 한 번 더 내리치려는 순간, 다른 흡혈귀들이 기운을 차리고 몰려왔어요. 여인은 정신없이 흰 뼈를 휘둘렀어요. 멀리 있던 퉁 소장도 여인 곁으로 다가와서 싸웠어요. 흰 뼈를 한참 휘두르던 여인은 문득 흰 뼈가 허공을 가르고 있다는 걸 깨달았어요. 여인과 퉁 소장은 잠시 멈춰 숨을 헉헉거리며 주위를 살폈어요. 믿을 수 없는 일이었어요. 흡혈귀들이 전부 쓰러져 있는 게 아니겠어요?

여인이 감격한 목소리로 외쳤어요.

"퉁 소장님, 우리가 이겼나 봐요. 우리의 간절함이 통한 것 같아요."

"아직은 아닙니다."

퉁 소장이 손가락으로 흡혈귀들을 가리켰어요. 흡혈귀들이 목덜미를 잡고 천천히 일어나는 모습이 보였어요. 병 흡혈귀가 머리를 좌우로 흔들며 말했어요.

"여전히 만만치 않구나. 새로운 무기들도 꽤 냄새나고, 더럽고, 무섭고……. 하지만 너희만 강해진 게 아니다. 우리도 달라졌다. 그냥 당할 우리가 아니란 말이다."

병 흡혈귀가 "하나, 둘, 셋!"을 외치자 흡혈귀들이 포효하며 다가왔어요. 여인과 퉁 소장은 흰 뼈를 휘두르고 틈틈이 고춧가루 공도 던지면서 다시 흡혈귀들을 공격했어요. 흡혈귀들은 아까보다는 잘 막았고, 병 흡혈귀는 대장답게 가끔 공격도 했지만 여전히 상대가 안 되었어요. 조금 지나자 병 흡혈귀가 쓰러졌고, 다른 흡혈귀들도 하나둘 쓰러지고 말았어요.

여인이 땀을 훔치며 말했어요.

"퉁 소장님, 흡혈귀들이 생각보다 훨씬 약한 것 같아요. 저들이 허세 대장이거나 우리가 굉장히 강하거나."

"글쎄요, 정말 그럴까요?"

퉁 소장이 손가락으로 흡혈귀들을 가리켰어요. 이번에도 흡혈귀들이 목덜미를 잡고 천천히 일어나는 모습이 보였어요. 여인은 고개를 갸웃했어요. 몇몇 흡혈귀가 수상하게 킥킥대는 것처럼 보였거든요. 병 흡혈귀가 머리를 좌우로 흔들었어요.

"조금 살살 때려 주시게나. 너무 아프…… 하하하, 웃겨서 더는 참을 수가 없다! 아프기는커녕 간지럽지도 않구나. 웃음을 참느라 혼이 났다. 너희들, 그것도 공격이라고 한 것이냐?"

병 흡혈귀는 두 손을 번쩍 들고 호랑이와 곰의 소리를 합친 것처럼 어마어마한 소리로 천지를 뒤흔들 듯 포효했어요. 하늘이 금세 어두워졌고 이번에는 번개와 천둥까지 쳤어요. 땅도 아까보다 더 심하게 흔들렸지요. 병 흡혈귀는 하늘을 향해 엄지손가락을 내밀었어요. 그러자 번개가 치더니 병 흡혈귀의 엄지손가락으로 흘러들었어요. 병 흡혈귀는 번개를 모은 그 엄지손가락을 여인과 퉁 소장 방향으로 뻗었어요.

병 흡혈귀가 흐흐흐 웃으며 외쳤어요.

"흡혈귀 감별사는 벼락을 맞으면 어떻게 될지 정말로 궁금하구나. 어디 한번 시험해 볼까?"

병 흡혈귀의 손가락에서 화살처럼 번개가 발사되었어요. 여인과 퉁 소장은 머리카락 한 올 차이로 간신히 피했어요. 대신 두 사람 자리에 있던 바위가 산산조각 났지요.

흡혈귀들은 여인과 퉁 소장을 제대로 공격하지도 않았어요. 번개 공격을 한 후에는 다가오다, 물러나기를 반복하며 여인과 퉁 소장의 힘을 빼 놓았어요. 흡혈귀들이 쉬는 동안엔 흡혈귀 박쥐들이 날아와 두 사람을 괴롭혔어요. 두 사람은 흰 뼈를 휘두르며 온 힘을 다해 공격을 막았지만 점점 지쳐 갔어요. 마침내 두 사람은 서 있기도 힘든 지경이 되었어요.

병 흡혈귀가 크크크 웃으며 말했어요.

"재미 다 봤다. 슬슬 지겨워지는구나. 놀이 시간은 끝! 이제 임금을 잡으러 가야겠다."

병 흡혈귀가 악을 내뱉자 검은 구름이 순식간에 다가와 흰 뼈를 빼앗아 갔어요. 병 흡혈귀는 흰 뼈를 가볍게 부러뜨린 후 엄지손가락에 번개를 모았어요. 무기를 빼앗긴 데다 다리를 움직이기 힘들 정도로 지친 두 사람이 어떻게 병 흡혈귀의 공격을 피

할 수 있을까요? 체념한 여인과 퉁 소장은 서로를 보며 고개를 끄덕였어요.

여인이 말했어요.

"퉁 소장님, 그동안 고마웠어요."

퉁 소장이 말했어요.

"여인님 덕분에 즐거웠습니다."

두 사람은 품에서 썩은 고기를 꺼내 씹으며 '아쑤드리'로 시작하는 알아듣기 어려운 주문을 외웠어요.

잠시 후 믿기지 않는 일이 일어났어요. 번개를 모으던 병 흡혈귀도 멈칫할 정도로 깜짝 놀랄 만한 일이었지요. 여인과 퉁 소장이…… 흡혈귀로 변신한 거예요. 그래요. 흡혈귀 감별사는 사실 언제든 흡혈귀가 될 수 있는 존재이기도 했답니다.

4장

불가능한 임무

여인과 퉁 소장이 흡혈귀들을 상대하는 동안 진지에서는 회의가 열렸어요.

장영실 나리가 말했어요.

"우리의 소중한 대원들이 목숨을 걸고 싸우고 있습니다. 두 사람이 시간을 버는 동안 무슨 수를 써서라도 흡혈귀들을 물리칠 방법을 찾아야 합니다. 좋은 생각 있으십니까?"

숙희가 조심스럽게 말했어요.

"저는 소머리 탑이 의심스러워요."

다들 고개를 끄덕이며 맞장구를 쳤어요.

장영실 나리가 말했어요.

"그렇다면 우선은 통로를 이용해 소머리 탑 근처로 가는 게 좋겠습니다."

이번에도 다들 고개를 끄덕였어요. 원정대원들의 생각을 확인한 장영실 나리가 계속해서 말했어요.

"소머리 탑의 경비는 무척 삼엄할 것입니다. 제 생각이지만 그곳에도 흡혈귀들이 있을 가능성이 매우 큽니다."

그 말을 듣자마자 성삼문 부소장이 외쳤어요.

"아니, 흡혈귀들이 더 있단 말이오? 도대체 얼마나 많은 수령들이……."

수서 요리사가 깊은 한숨을 쉬며 재빨리 손을 뻗었지만 성삼문 부소장은 날렵하게 피하며 말을 이었어요.

"그렇게 위험한 장소에 꼭 가야만 하오? 다른 방법은……."

성삼문 부소장이 말을 끝내지 못한 이유는 다들 잘 알 거예요. 이번에는 수석 요리사가 성삼문 부소장의 입을 제대로 막았지요. 세종 임금님이 손을 들었어요. 장영실 나리가 고개를 끄덕이자 임금님이 말했어요.

"이번에도 두 개 조로 나누어서 움직이는 게 좋겠소. 우선 소머리 탑 근처까지는 함께 갑시다. 근처에 도달하면 첫 번째 조는 밖으로 나가 살피고, 두 번째 조는 안에서 기다렸다가 첫 번째 조가 돌아오면 함께 작전을 짜서 행동하는 것이 좋겠소. 당연히 첫 번째 조가 두 번째 조보다 위험에 처할 가능성이 훨씬 높겠지. 미리 말하겠소. 나는…… 두 번째 조에 있을 것이오. 모두를 위해서……."

장영실 나리는 당연하다는 듯 말했어요.

"훌륭한 판단이십니다. 분명 임금님의 빛나는 지혜가 필요한 순간이 올 것입니다. 그럼, 저는 여진 무사들과 함께 첫 번째 조가 되겠습니다. 또 저와 같이 가실 분?"

제일 먼저 나선 건 내관과 숙희였어요. 세종 임금님은 내관의 등을 슬쩍 밀고, 숙희를 살짝 잡아당기며 말했어요.

"내관은 용감한 사람이라 장 공에게 도움이 될 걸세. 숙희는 지혜로운 사람이라 내게 도움이 될 것이고."

그런데 뜻밖의 사람이 손을 번쩍 들었어요.

"더는 못 참겠군. 나도 첫 번째 조가 되겠소."

그 사람은 바로 성삼문 부소장이었어요. 다들 믿을 수 없다는 듯이 성삼문 부소장을 바라보았어요. 입을 쭉 내밀고 눈을 가늘게 뜬 수석 요리사의 표정은 꽤 볼 만했지요.

성삼문 부소장이 한숨을 쉬며 말했어요.

"여태껏 계속 반대만 한 것 같아 실은 마음이 편치 않았소. 부끄러운 말이지만 고백하겠소. 꼭 살아서 집에 돌아가고 싶어서 그랬던 거라오. 그런데 이것 하나만은 알아주시오. 무슨 일이 있어도, 설령 내가 위험에 처하더라도 우리의 훌륭한 임금님은 꼭 지킬 것이오. 이 나라를 위해 꼭 필요한 분이오. 상황이 위급하여 더 물러날 곳이 없으니 이제는 내가 나설 수밖에. 게다가 우리 집안이 원래는 무사 집안이라 힘도 꽤 세다오."

수석 요리사가 일어나서 손뼉을 치며 말했어요.

"마지막 말은 좀 의심스럽습니다만 아무튼, 드디어 사람이 되었군요. 그럼 저는 임금님 곁을 지키겠습니다. 저한테도 임금님이 가장 중요하니까요."

수석 요리사는 안주머니에서 육포를 꺼내며 말했어요.

"인삼을 섞어 만든 육포입니다. 특별한 날을 위해 아껴 뒀던 것이지요. 자, 모두 이 육포를 먹고 마지막 힘을 냅시다."

인삼 때문인지 육포는 꽤 쓴맛이 났어요. 대원들을 유난히 사랑하는 수석 요리사가 어렵게 구한 인삼을 아끼지 않고 잔뜩 넣었기 때문이겠지요. 그 마음을 아는 대원들은 조금도 싫은 티를 내지 않고 웃으며 맛있게 육포를 먹었어요. 어쩌면 살아서 마지막으로 먹을 수 있는 음식일지도 모른다고 생각하면서요. 제일 먼저 육포를 다 먹은 장영실 나리가 말했어요.

"귀한 음식 감사합니다. 이 맛은 죽을 때까지 잊지 못할 겁니다. 그럼 출발합시다. 두려움을 모르는 여진 무사들이여, 앞장서 주십시오."

원정대원들은 통로를 따라 이동했어요. 몸을 굽히고 좁은 통로를 한참 걸으니 다시 넓은 공간이 나왔어요. 다른 통로들을 오가며 주변을 살피고 온 여진 무사 중 한 명이 말했어요.

"소머리 탑 근처에 도착했습니다. 저희가 먼저 살펴보고 오겠습니다."

잠시 후 조심스럽게 바깥을 다녀온 여진 무사 중 한 명이 말했어요.

"흡혈귀 여럿이 소머리 탑을 둘러싸고 있습니다."

다들 한숨을 쉬었어요. 장영실 나리는 아무렇지도 않은 척 침착하게 말했어요.

"자, 작전대로 두 조로 나눠서 움직입시다."

제일 먼저 장영실 나리 곁으로 다가온 건 누구였을까요? 바로 성삼문 부소장이었어요. 성삼문 부소장은 깜짝 놀란 사람들을 향해 손을 저으며 담담하게 말했어요.

"뭘 그리 놀라시오? 아까 말했잖소. 나도 열심히 하겠다고. 마음먹기가 어렵지, 한다면 반드시 하는 사람이 바로 나요. 내가 과거 시험을 준비할 때도……."

뒤따라 나온 내관이 성삼문 부소장의 옆구리를 살짝 찔렀어요. 성삼문 부소장은 또 말이 많았군, 하고 중얼거린 후 스스로 입을 막고 고개를 끄덕였어요.

세종 임금님이 말했어요.

"부소장의 마음은 내가 잘 알지. 겉으론 가벼워 보여도 의외로 굳센 구석이 있는 사람이라오. 그래도 무리하지는 마시게. 부디 조심하시고. 그 어떤 상황에서도 목숨을 걸진 마시게나. 우선은 살아남는 게 중요하오. 여러분 한 명 한 명이 내게 얼마나 소중한지…… 아, 그 마음은 내 부족한 말재주로는 표현하기 어렵소."

수석 요리사가 눈물을 훔쳤어요. 분위기가 조금 가라앉았어요. 내관이 일부러 큰 소리로 말했어요.

"돌석 아저씨, 지금 우는 겁니까?"

그러자 수석 요리사가 벌컥 화를 냈어요.

"울기는! 지하라 먼지가 너무 많아서…… 눈이 아파서 그래."

숙희가 품에서 손수건을 꺼내 수석 요리사에게 건넸어요. 수석 요리사는 손수건에 아예 얼굴을 파묻었어요.

장영실 나리가 말했어요.

"자, 서두릅시다. 그리고 우리, 웃으며 헤어집시다. 걱정할 것 하나 없습니다. 반드시 살아서 돌아오겠습니다."

장영실 나리는 크게, 어색할 정도로 힘차게 웃었어요. 이번에는 다른 사람들도 그 마음을 제대로 읽고, 장영실 나리처럼 일부러 크고 어색하게 웃었어요. 그러자 분위기가 여름 대낮처럼 밝아졌지요.

여진 무사들은 장영실 나리를 향해 고개를 끄덕인 후 빠르게 움직였어요. 장영실 나리와 내관과 성삼문 부소장도 서둘러서 뒤를 따라갔어요. 잠시 후 여진 무사 중 한 명이 무거운 얼굴로 말했어요.

"이제 곧 밖으로 나갈 겁니다. 솔직히 말씀드리지요. 나쁜 기운이 가득합니다. 아마 제대로 정신을 차리기도 어려울 거예요. 부디 조심하세요."

장영실 나리가 고개를 끄덕이며 말했어요.

"각오했던 바일세. 그대들도 조심하시고."

여진 무사들을 따라 밖으로 나온 세 사람은 눈앞에 펼쳐진 광경에 깜짝 놀랐어요. 멀지 않은 곳에 있는 소머리 탑은 생각보다 훨씬 크고 높았어요. 어둡고 험악한 분위기를 팍팍 풍기는 소머리 탑의 둘레는 어른 수십 명이 손을 잡아도 측량할 수 없을 것처럼 길었어요. 탑의 꼭대기는 눈에 보이지도 않을 정도로 높았고요. 성삼문 부소장이 고개를 절레절레 저었어요.

"이럴 수가! 우리 능력으로 어떻게 소머리 탑 내부를 살펴보겠소? 넓기도 넓고 높기도 높지만 가까이 갔다간 저 깊은 어둠에 빨려 들 것만 같소. 이건 불가능한 임무요."

내관이 씩씩한 목소리로 말했어요.

"제가 전에 읽은 책에 불가능은 없다고 적혀 있었습니다. 전체를 보지 마세요. 눈앞만 보세요. 우리는 그저 한 발짝 한 발짝 나아가면 됩니다. 어둠을 조금씩 물리치면 됩니다. 포기하지 않으면 분명 길은 있을 겁니다."

성삼문 부소장이 감탄하는 눈으로 내관을 보았어요.

"어느 책에서 읽은 겐가?"

내관은 그저 빙긋 웃었지요. 장영실 나리가 손가락으로 소머리 탑에 있는 사다리를 가리켰어요.

"꼭대기까지 올라갈 필요는 없습니다. 저기 사다리 보이지요? 저걸 타고 올라가면 구멍으로 내부를 살필 수는 있을 거예요."

성삼문 부소장이 말했어요.

"구멍이 뚫린 건 악의 기운을 퍼뜨리기 위함이겠지. 위험하오. 자칫 잘못하면 악에 물들 수 있소."

내관이 나서더니 품에서 뭔가를 꺼냈어요.

"혹시 몰라 준비했습니다."

두 눈을 제외한 얼굴 전부를 가릴 수 있는 두건이었어요. 다들 엄지손가락을 들어 꼼꼼한 준비성을 칭찬했지요. 여진 무사가 장영실 나리에게 말했어요.

"공께서 대원들과 함께 내부를 살펴 주십시오. 우리는 흡혈귀와 싸우겠습니다."

장영실 나리가 말했어요.

"어려운 일을 맡겨서 미안하오."

여진 무사는 씩씩하게 대답했어요.

"우린 흡혈귀를 잘 압니다."

성삼문 부소장이 한숨을 쉬며 말했어요.

"하지만 우리가 알던 흡혈귀들이 아니라오."

여진 무사들은 대답 대신 소리 없이 웃었지요. 장영실 나리는 고개를 끄덕이며 말했어요.

"그럼 흡혈귀들을 부탁하오. 그동안 우리가 사다리를 올라 소머리 탑 내부를 살피겠소."

여진 무사들은 빠른 걸음으로 흡혈귀들에게 다가가 히이호 소리를 내며 그들을 자극했어요. 흡혈귀들은 하늘을 향해 포효한 후 여진 무사들에게 접근했어요. 이제 싸움이 시작되었어요. 여진 무사들은 빠르게 화살을 쏘고 고춧가루 공을 던지고 흰 뼈를 늘였다 줄였다 하며 공격했어요. 하지만 흡혈귀들은 살짝 비틀거릴 뿐, 쓰러지지는 않았어요. 지켜보던 장영실 나리가 내관과 성삼문 부소장에게 말했어요.

"오래 버티기는 힘들겠소. 흡혈귀들이 곧 우릴 발견할 거요. 들키기 전에 우리가 할 일을 합시다."

장영실 나리가 앞장서고, 성삼문 부소장과 내관이 뒤따랐어요. 대원들은 최대한 조용히 움직였지요. 그런데 소머리 탑에 닿기 직전 성삼문 부소장이 발을 헛디뎠어요.

"아앗!"

성삼문 부소장이 구르며 요란한 소리가 울려 퍼졌어요. 소리를 들은 흡혈귀들이 세 사람 쪽으로 다가왔어요. 장영실 나리가 다급하게 내관에게 말했어요.

"내가 부소장을 구할 테니, 자네 먼저 올라가게!"

내관은 고개를 끄덕이며 재빨리 사다리를 올라갔어요. 장영실 나리는 몸을 일으키는 성삼문 부소장에게 달려갔어요. 장영실 나리의 부축을 받고 일어난 성삼문 부소장이 말했어요.

"미안하오. 나 때문에……."

"지금 그런 문제를 따질 때가 아닙니다. 내관이 돌아올 때까지 우리 둘이 흡혈귀들을 상대해야 하오."

두 사람은 손이 보이지 않는 속도로 화살을 쏘고 간간이 고춧가루 공을 던지고 흰 뼈를 휘둘렀어요. 하지만 흡혈귀들은 끄떡없었어요. 결국 얼마 지나지 않아 고춧가루 공과 화살이 떨어졌어요. 마지막 남은 무기인 흰 뼈를 쥔 두 사람은 서로를 보며 고개를 저었어요. 그러고는 웃으며 말했어요.

"자, 힘을 냅시다. 할 수 있어요."

두 사람은 온 힘을 다해 흰 뼈를 휘둘렀어요.

“흐흐흐!”

한 흡혈귀가 웃으며 두 사람의 흰 뼈를 빼앗았어요. 그러더니 흰 뼈가 이쑤시개라도 되는 양, 뚝 뚝 쉽게 부러뜨려 버렸어요.

“그런다고 물러설 줄 아느냐?”

장영실 나리는 맨주먹을 힘껏 쥐며 소리쳤어요. 하지만 강하고 빠른 흡혈귀를 대적할 수는 없었지요. 흡혈귀는 장영실 나리를 붙잡고 목을 졸랐어요.

“으으윽······.”

장영실 나리가 거의 기절하려는 순간, 화살들이 날아왔어요. 놀란 흡혈귀의 손이 장영실 나리에게서 떨어졌어요. 가까스로 목숨을 건진 장영실 나리가 뒤를 돌아보았어요. 여진 무사들이 보였어요.

장영실 나리가 외쳤어요.

“고맙소!”

여진 무사들은 고개를 끄덕인 후 흰 뼈를 휘두르며 싸움을 이어 나갔어요.

이렇게 말하고 싶지는 않지만 흡혈귀들은 정말 막강했어요. 강력한 힘의 비밀을 밝히기 전에는 그들을 쓰러뜨릴 수 없을 것 같았어요. 장영실 나리는 어둠에 둘러싸인 소머리 탑을 올려다보았어요. 사다리 끝까지 올라갔던 내관이 빠르게 내려오는 모습이 보였어요.

장영실 나리가 외쳤어요.

"조금만 더 버팁시다!"

바로 그 순간 한 흡혈귀가 성삼문 부소장에게 달려들며 주먹을 휘둘렀어요. 성삼문 부소장은 각오한 듯 눈을 질끈 감았어요. 그런데 아무런 일도 일어나지 않았어요. 장영실 나리가 재빨리 성삼문 부소장 앞을 막았기 때문이에요. 장영실 나리의 몸이 휘청거렸어요. 흡혈귀는 장영실 나리의 목덜미를 움켜쥐었어요. 장영실 나리가 힘겨워하며 간신히 말했어요.

"지금입니다. 다들 도망가세요!"

성삼문 부소장이 외쳤어요.

"그럴 수는 없습니다!"

"빨리! 명령이오!"

내관은 성삼문 부소장을 억지로 끌어당겨 진지로 몸을 피했어요.

✱ 5장 ✱
붉은 소머리 탑의 정체

원정대원들과 여진 무사들이 진지에 무사히 도착했어요. 초조하게 기다리던 사람들은 모두를 반갑게 맞았어요. 세종 임금님이 제일 먼저 입을 열었어요.

"무사히 돌아왔구려. 그런데……."

세종 임금님은 진지로 돌아온 이들의 얼굴을 하나하나 확인하고는 이마를 찌푸리며 물었어요.

"장 공은 조금 늦는 거요?"

성삼문 부소장이 그 자리에 쓰러지듯 엎드려 울먹였어요.

"다 저의 잘못입니다. 한심한 저를 구하려다가 그만……."

마지못해 내관이 말을 이었어요.

"흡혈귀에게 붙잡혔습니다."

뜻밖의 소식에 다들 할 말을 잃었어요. 잠시 후 세종 임금님은 빙긋 웃으며 침착한 목소리로 말했어요.

"걱정하지 마시오. 무사할 거요. 나는 장 공을 믿소. 지금까지 장 공에게 많은 위기가 있었소. 그럴 때마다 언제나 잘 헤쳐 왔으니까…… 아마 이번에도 잘 이겨 낼 수 있을 것이오. 자, 우린 우리의 일을 합시다. 소머리 탑은 확인했소? 그 안에 대체 뭐가 있기에 흡혈귀들의 힘이 저토록 강해진 것이오?"

내관이 한 걸음 앞으로 나와 말했어요.

"제가…… 확인했습니다……."

내관은 머뭇거리며 한숨을 쉬었어요. 세종 임금님은 고개를 푹 숙인 내관의 손을 잡으며 말했어요.

"나도 안다. 이곳은 흡혈귀의 땅, 거대한 악으로 물든 땅이니 아마 상상도 못 할 정도로 몹시 끔찍한 것을 보았겠지. 겁나겠지만 말해 보게나."

내관이 숨을 깊이 들이마셨다 내뱉었어요. 그러고는 눈을 질끈 감았다가 뜬 후 자신이 본 것을 모두 말해 주었어요.

"소머리 탑 안에는 칠흑처럼 검은, 그러니까 우리가 흔히 보는 평범한 검은색보다 수백 배 더 검고 검은 뼈들이 가득했습니다. 믿기 어렵겠지만 검은 뼈들이…… 비명을 질러 댔습니다. 용암보다 더 뜨거운 불을 내뿜으면서 알아들을 수 없는, 그러나 듣기만 해도 불쾌해지는 비명을요. 아, 세상의 나쁜 기운이란 기운은 그곳에 다 모여 있는 듯했습니다. 검은 뼈들은 세상을 어둠에 빠뜨리기 위해 존재하는 듯했어요. 비명이 조금씩 다가와 제 몸을 감싸는 것 같았습니다. 그 소리에 붙들려 끌려 들어갈 것 같았지요. 귀를 막고 조금 더 살피려 했는데 서 있는 것조차 힘들었습니다. 조금만 더 있다가는 저 또한 지독한 악에 물들어 버릴 것 같았지요. 겁이 덜컥 났습니다. 그래서 이것저것 생각하지 않고 재빨리 아래로 내려왔어요."

성삼문 부소장이 한숨을 쉰 후 세종 임금님에게 말했어요.

"거짓말쟁이 흡혈귀의 말이 이번에는 사실이었군요. 세상의 악이 모두 모여 있는 흡혈귀 성이라니 정말 끔찍합니다. 어쩌다 이런 곳이 생겨났을까요? 병 흡혈귀는 도대체 어떻게 악을 저 성에 모았을까요? 우리가 막지 못하면 흡혈귀 성의 지독한 악은 결국 이 나라 전체로 퍼져 나갈 거예요. 온 나라가 병 흡혈귀 차지가 될 겁니다. 임금님, 저들은 너무도 강합니다. 우리는 할 수 있는 게 전혀 없어요. 어쩌면 좋습니까?"

세종 임금님은 원정대원들을 바라보며 조용한 목소리로 말했어요.

"아마 여러분은 내가 일을 참 잘하고, 모든 면에서 타고난 사

람이라고 생각했을 것이오. 이번 기회에 솔직히 말하겠소. 임금 자리에 있으면서 쉬운 날은 단 하루도 없었다오. 게다가 난 천재도 아니라오. 그러니 남보다 일찍 일어나고 늦게 자면서 내가 할 수 있는 최선을 다했다오. 나머지는 하늘에 맡기고. 나는 그렇게 이 나라를 다스려 왔소. 자, 모든 게 끝난 것이 아니니 절망하기는 아직 이르오. 지금부터 내가 지휘관 역할을 하겠소. 작전은 간단하오. 우리는 나가서 온 힘을 다해 싸울 것이오. 지쳐 쓰러질 때까지 흡혈귀들과 맞서 싸워서 이기고 장 공을 구할 것이오. 다들 아시겠소?"

내관이 말했어요.

"말씀대로 하겠습니다. 그런데 흡혈귀들과 제대로 싸우려면 소머리 탑의 뼈들이 쉬지 않고 뿜어내는 지독한 악의 기운부터 없애야 합니다. 혹시 염두에 두신 방법이 있는지요?"

"생각해 둔 것이 있다네. 그 문제는 내게 맡기게나. 아, 수석 요리사와 숙희는 나를 도와줘야 하겠네."

숙희와 수석 요리사는 고개를 끄덕였어요. 하지만 두 사람의 얼굴에는 물음표가 가득했지요. 임금님은 도대체 무슨 방법으로 끔찍한 악의 기운을 없애려는 걸까요?

성삼문 부소장이 말했어요.

"임금님께서는 귀한 몸을 보존하소서. 부족하지만 제가 한번

해 보겠습니다. 제가 읽은 『동방비기』에 따르면 물에는 물, 불에는 불로 맞서라 했습니다. 우선 뜨거운 불을 구해서 퍼붓는다며……."

세종 임금님은 커다란 손으로 성삼문 부소장의 입을 막았어요. 그러더니 웃으며 이렇게 말했어요.

"…… …… …… ……."

엥? 이건 또 뭔가요? 웬 말줄임표? 임금님은 아무 말도 안 한 걸까요?

아니에요. 세종 임금님은 자기 생각을 정확하게 밝혔어요. 그 말을 들은 원정대원들은 처음에 한숨을 쉬었고, 다음에는 어두운 표정으로 고개를 끄덕였어요. 임금님이 뭐라고 말했냐면……

에이, 너무 궁금해하지 마세요. 그건 다음 장에서 알려 줄 참이니까요. 임금님은 작전을 설명한 후 성삼문 부소장과 여진 무사들에게 이렇게 말했답니다.

"힘을 모아 흡혈귀들과 싸워 주게. 정면으로 상대하라는 게 아니라 싸우는 척하면서 시간을 아주 조금만 벌어 달라는 말일세. 그동안 우리 세 사람은 맡은 일을 하겠네."

* 6장 *
하늘을 향해 노래를 부른다면?

진지 밖으로 나온 원정대원들은 너무 놀라서 하마터면 엉덩방아를 찧을 뻔했어요. 머릿속으로 막연하게 상상했던 것보다 몇 배는 더 끔찍하고 이상한 일이 바로 눈앞에서 벌어지고 있었거든요. 바깥에서는 흡혈귀 박쥐 떼가 두 개의 태양이 뜬 하늘을 새까맣게 메운 채로 소머리 탑을 느릿느릿 돌았고, 그 아래에서는 흡혈귀들이 서로 싸웠어요.

원정대원들은 흡혈귀들끼리 싸우는 이유를 도무지 짐작할 수 없었어요. 병 흡혈귀는 임금님만 앉는 높고 커다란 의자에 앉아서 싸움 구경을 하고 있었지요. 그 옆 높다란 기둥에 묶여 허공에서 버둥거리는 장영실 나리가 보였어요. 하늘을 날던 흡혈귀 박쥐들은 한 번씩 떼를 지어 다가와 장영실 나리를 공격하고는 다시 날아갔어요. 장영실 나리의 몸에는 할퀸 자국이 가득했어요. 그때 병 흡혈귀가 원정대원들을 발견하고는 손뼉을 치며 껄껄껄 웃었어요.

"부하들만 고생하게 만드는 못난 임금님이 드디어 나타나셨군요. 이리 오셔서 좋은 구경 함께하시지요. 아, 그 전에 먼저 해야 할 일이 있습니다. 그게 뭘까요?"

임금님은 아무 말도 하지 않았어요. 병 흡혈귀는 뭐가 그리 재미있는지 자기 혼자 입을 막고 키득거렸어요.

"무릎 꿇고 항복부터 하시란 말씀! 잘못했다고 사과부터 하시란 말씀! 하라는 대로 다 하시면 이 어둠의 황제가 목숨은 살려 드릴 테니 염려하지 마시고요."

싸움에 열중하던 흡혈귀 중 절반이 방향을 바꿔 원정대원들에게로 다가왔어요. 그러자 저편에서 싸우는 흡혈귀들의 모습이 또렷이 보였지요. 유심히 지켜보던 숙희가 외쳤어요.

"저 흡혈귀…… 여인인 것 같아요!"

이어서 성삼문 부소장도 외쳤어요.

"옆의 흡혈귀는 퉁 소장처럼 보이는데……!"

맞아요. 흡혈귀들과 맞서 싸우던 다른 흡혈귀들은 바로 여인과 퉁 소장이었던 거예요. 사실 그것은 싸움이라기보다 둘을 향한 흡혈귀들의 일방적인 공격에 가까웠어요. 여인과 퉁 소장은 손과 발을 움직여 공격을 막기에 바빴어요. 갑자기 병 흡혈귀가 자리에서 일어나 외쳤어요.

"빨리 항복하시지요! 지금까지는 임금님을 기다리느라 쉬엄쉬엄 놀아 준 겁니다. 저 둘은 정말 재미있는 장난감입니다. 성 입구에서 여기 소머리 탑까지 끌고 다니면서 신나게 가지고 놀았지요. 이제부터는 조금 더 힘을 써서 한판 제대로 벌일 참입니다. 자, 또 문제 드립니다. 우리 흡혈귀들이 힘을 아끼지 않고 진짜 싸움을 시작하면 임금님이 좋아하는 저 천한 인간들은 어떻게 될까요? 그 좋은 머리로 생각 좀 해 보시지요."

세종 임금님은 아무 말도 하지 않았어요. 병 흡혈귀가 인상을 쓰며 엄지손가락을 들었어요. 그러자 두 개의 태양이 번갈아 밝아졌다가 어두워지기를 반복했고, 쉴 새 없이 번개가 치더니 번개 일부가 흡혈귀의 엄지손가락으로 흡수되었어요.

"이얍!"

흡혈귀가 기합과 함께 엄지손가락을 여인 쪽으로 뻗자 번개가 발사되었어요. 기운이 모두 빠진 여인은 그것을 피하지 못하고 정통으로 맞아 휘청거렸어요. 병 흡혈귀가 이번에는 엄지손가락을 퉁 소장 쪽으로 향했어요. 번개를 맞은 퉁 소장이 한쪽 무릎을 꿇고 말았어요. 지켜보던 원정대원들은 너 나 할 것 없이 비명을 질렀지요. 그때 성삼문 부소장이 갑자기 앞으로 나가 무릎을 꿇었어요.

"임금님을 배반한 병조 참판이여, 분하지만 내가 무릎을 꿇겠소. 그대에겐 나 정도면 충분할 거요. 이 성삼문이, 집현전의 미래이자 자존심으로 똘똘 뭉친 이 성삼문이 아무한테나 무릎 꿇지 않는 건 잘 알겠지? 그러니 영광으로 알고……."

"어디 감히 애송이가 시끄럽게 떠드는 것이냐? 난 너 따위에 관심 없다. 난 임금이 내게 사과하기를, 나라를 망친 임금이 고개 숙이고 허리 굽히고 나한테 기어 오기를……. 어라, 임금은 어디 간 게냐?"

"그 전에 나부터 상대하라!"

내관이 흰 뼈를 들고 소리를 지르며 병 흡혈귀를 향해 달려갔어요. 여진 무사들도 내관의 뒤를 따라 달렸지요. 흡혈귀들은 원정대원들을 마구 공격했어요. 원정대원들은 화살을 쏘고 흰 뼈를 휘두르고 고춧가루 공을 던지면서 버텼어요. 하지만 역부족이었지요. 흡혈귀들은 흰 뼈를 하나둘 빼앗아 부러뜨렸어요. 원정대원들은 맨주먹으로 흡혈귀를 상대해야 할 판이었지요.

그런데 이 위급한 상황에 우리의 세종 임금님은 어디로 간 걸까요? 임금님은 어느새 뒤로 멀찌감치 물러나 있었어요. 무서워서 숨은 거냐고요? 말만 번지르르하게 해 놓고 혼자만 살고 싶

어서 대원들을 버린 거냐고요?

　그렇지 않아요. 세종 임금님 앞에는 커다란 접시가 놓여 있었고, 그 접시에는 생고기가 가득했어요. 진지에서 가져온 쌀과 보리도 한 자루씩 놓여 있었지요. 그뿐만이 아니에요. 임금님 양옆에 선 수석 요리사와 숙희의 손에는 생고기가 들려 있었어요. 두 사람은 생고기를 흔들며 흡혈귀 박쥐들을 유인했어요. 입마개를 한 흡혈귀 박쥐들이 냄새에 홀려서 끊임없이 달려들었어요. 흡혈귀 박쥐들을 상대하느라 몸 여러 곳에 상처가 났지만 수석 요리사와 숙희는 몸을 사리지 않고 박쥐들을 상대했어요. 다들 열심히 싸우는데 우리의 세종 임금님은 음식을 차려 놓고 뭘 하는 걸까요?

세종 임금님은 하늘을 향해 제사를 지냈어요.

제사? 이 마당에 갑자기 웬 제사냐고요? 이상하고 또 이상해서 고개만 갸웃거리는 여러분에게 아까 임금님이 했던 말을 들려줄게요.

소머리 탑을 보고 온 내관과 성삼문 부소장은 원한 가득한 검고 검은 뼈, 악의 기운을 뿜어내는 무섭고 끔찍한 검은 뼈들을 모조리 없애야 흡혈귀의 특별한 힘이 사라질 것이라고 생각했어요. 하지만 세종 임금님의 생각은 달랐어요. 임금님은 원정대원들에게 이렇게 말했어요.

"모두에게 미안한 말을 해야겠소. 아무리 머리를 굴려 보아도 우리가 흡혈귀에게 힘으로 맞서 이길 방법은 없소. 마찬가지로 우리가 소머리 탑 안의 검은 뼈들을 없앨 방법 또한 없소. 그렇다고 두 손 들고 항복할 수도 없는 일. 이러한 상황에서 우리는 도대체 뭘 해야 하겠소?"

세종 임금님은 마치 대답을 기다리듯 잠깐 말을 멈추었어요. 그러나 그 누구도 입을 열지 않았지요. 임금님이 다시 말을 이었어요.

"방법은 딱 하나뿐이오. 진심으로 사과하는 것!"

원정대원들은 한숨을 쉬더니 어두운 얼굴로 고개를 끄덕였어요. 세종 임금님이 다시 말했어요.

"검은 뼈들이 처음부터 악의 기운을 마구 내뿜는 뼈였을 리는 없소. 흡혈귀 박쥐들을 생각해 보길 바라오. 그들이 원래는 이 나라를 떠도는 불쌍한 백성이었듯, 검은 뼈들 또한 자신의 나라를 위해 목숨을 바쳤던 이들이었을 것이오. 백성이 먹지 못해 떠돌다 흡혈귀 박쥐가 되고, 나라를 위해 싸우다가 허무하게 죽은 뒤 악의 기운이 가득한 검은 뼈가 된 건 다 내 탓이오. 내가 이 나라를 잘못 다스렸고, 어려운 이들에게 눈길을 주지 못했고, 이웃한 나라들을 힘으로 다스리려 했소. 그렇기에 나는 검은 뼈들을 없애려 하지 않을 것이오. 대신 이들을 위해 정성을 다해 제사를 지내 주려 하오. 내 잘못을 고하고 진심으로 용서를 빌 것이오. 검은 뼈들이 내 마음을 알아주리라 장담할 수는 없소. 어쩌면 코웃음을 치고 나를 벌할지도 모르지. 하지만 이것이 지금 우리가 할 수 있는 유일한 방법이오."

이제 무슨 일인지 알겠지요? 그래서 우리의 세종 임금님은 나라를 떠돌다가 흡혈귀 박쥐가 된 이들, 나라를 위해 싸우다가 억울하게 죽어서 검은 뼈가 된 이들을 위해 제사를 지내기 시작한 거예요.

대원들이 목숨을 걸고 싸우며 시간을 버는 동안 세종 임금님은 고개를 숙이고 커다란 두 손을 모았어요. 그리고 무릎을 꿇으며 이렇게 말했어요.

"다 제 잘못입니다. 부디 제 사과를 받아 주십시오. 나라를 잘못 다스린 저에게 벌을 내리시고, 죄 없는 원정대원들은 살려 주소서!"

세종 임금님은 무릎을 꿇었다가 일어나기를 반복하면서 사죄했어요. 그러는 사이 흡혈귀가 되어 싸우던 여인과 퉁 소장이 쓰러졌어요. 뒤이어 내관과 성삼문 부소장과 무사들도 쓰러졌어요. 남은 이는 임금님, 그리고 흡혈귀 박쥐들을 상대하며 힘겹게 버티고 있는 수석 요리사와 숙희뿐이었지요. 드디어 임금님을 발견한 병 흡혈귀가 외쳤어요.

"다들 쓰러졌는데 도대체 뭐 하십니까?"

세종 임금님은 아무 말 없이 무릎을 꿇었다가 일어나기를 반복했어요. 흡혈귀가 껄껄껄 웃으며 외쳤어요.

"아하, 힘으로 안 되니 하늘에게 봐 달라고 조르는 겁니까? 참 한심합니다. 임금님, 제가 한 말 잊으셨습니까? 흡혈귀 성엔 착한 마음 따위는 없습니다. 이곳은 사악한 땅, 어둠으로 가득한 무시무시한 땅이란 말씀입니다. 하늘은 내 편이고요. 어이, 임금님! 임금님!"

끝내 대답이 없자 흡혈귀가 고개를 절레절레하며 말했어요.

"체면이 있으니 항복할 생각은 없다, 이거로군요. 그렇담 어쩔 수 없지요. 좋게 마무리하려고 했는데 안 되겠습니다. 제가 단번에 끝내 드리지요."

병 흡혈귀는 하늘을 향해 힘차게 엄지손가락을 뻗었어요. 병 흡혈귀의 손끝에 번개가 모이기 시작했어요. 임금님은 그 광경에도 아랑곳하지 않고 고개를 크게 끄덕인 후 옛 노래를 불렀어요. 두 번째 태양을 없애려고 불렀던 바로 그 노래였어요.

오늘 여기에서 하늘을 향해 노래를 부릅니다.
우리의 마음을 받아 변괴를 없애 주소서.

병 흡혈귀가 어처구니없다는 듯 입을 크게 벌렸어요.
"아, 도대체 무슨 짓인지…… 이 판국에 웬 타령입니까? 어이, 어이, 임금님! 정신은 괜찮으십니까? 도무지…… 말이 안 통하는군. 더는 못 참겠다! 임금 대접도 이제 끝이다. 어둠의 황제가 선물하는 무시무시한 번개나 받아라!"
병 흡혈귀는 세종 임금님을 향해 엄지손가락을 쭉 내밀었어요. 세종 임금님은 두 눈을 지그시 감았어요. 그런데 아무런 일도 일어나지 않았어요. 병 흡혈귀는 엄지손가락을 까딱까딱했어요. 여전히 아무 일도 없었어요. 병 흡혈귀의 엄지손가락에 모였던 번개가 어느새 사라져 보이지 않았어요. 병 흡혈귀는 입을 벌려 아아악, 소리를 지르며 휴대용 악을 꺼내려고 했어요. 그러나 아무것도 나오지 않았어요.

병 흡혈귀가 중얼거렸어요.

"뭐지? 고장 났나?"

그 순간 하늘에서 번개가 쳤어요. 흡혈귀가 만들었던 번개와는 비교도 할 수 없는, 이제껏 그 누구도 본 적이 없을 정도로 무시무시한 번개가 천둥과 함께 하늘을 뒤흔들었어요.

잠시 후 투두둑, 투두둑 소리가 났어요. 장대비인가 하고 보았더니 하늘을 날던 흡혈귀 박쥐들이 한꺼번에 땅으로 떨어지고 있었어요. 이번에는 땅에서 쿠광쾅광광 엄청난 소리가 들렸어요. 땅이 무너지는 듯한 소리에 모두가 바닥에 납작 엎드렸어요.

그 와중에 용감하게 일어서서 주위를 살피던 내관이 큰 소리로 외쳤어요.

"흡혈귀 성이, 소머리 탑이 무너집니다! 빨리 피하세요!"

내관의 말대로였어요. 철옹성처럼 견고하고 단단했던 흡혈귀 성이 종이 집처럼 힘없이 무너지고, 하늘 끝까지 닿아 있던 거대한 소머리 탑이 파도에 부서지는 모래성처럼 스르르 내려앉기 시작했어요.

숙희가 외쳤어요.

"어서 피하세요!"

소머리 탑 바로 아래에 있었던 수석 요리사와 숙희는 세종 임금님의 손을 잡고 서둘러 달렸어요.

수석 요리사가 괴로워하며 말했어요.

"어이쿠, 먼지가……"

엄청난 먼지가 사방을 가득 메워서 앞이 전혀 보이지 않았어요. 여기저기서 사람들의 비명이 들렸어요.

"으아아아악!"

"세상이 멸망한다!"

잠시 후 거짓말처럼 먼지가 사라지고 사방이 환하게 밝아졌어요. 세종 임금님이 벌떡 일어섰어요.

"어떻게 된 거지?"

흡혈귀 성은 흔적도 없이 사라졌어요. 눈앞에는 나무 한 그루 없는 황량한 벌판이 펼쳐져 있었지요. 임금님은 소머리 탑을, 아니 소머리 탑이 있던 곳을 보았어요. 뼈들이 보였어요. 숫자를 헤아리기도 힘들 정도로 많았어요. 그런데 그것들은 검고 검은 뼈가 아니었어요. 순결한 소의 흰 뼈보다 더 흰 뼈였어요.

수석 요리사가 놀라며 말했어요.

"뼈…… 뼈가 움직입니다!"

투명할 정도로 희고 흰 뼈들이 보이지 않는 계단을 오르듯 천천히 하늘로 올라갔어요. 모든 뼈가 올라가자 하늘이 조금 어두

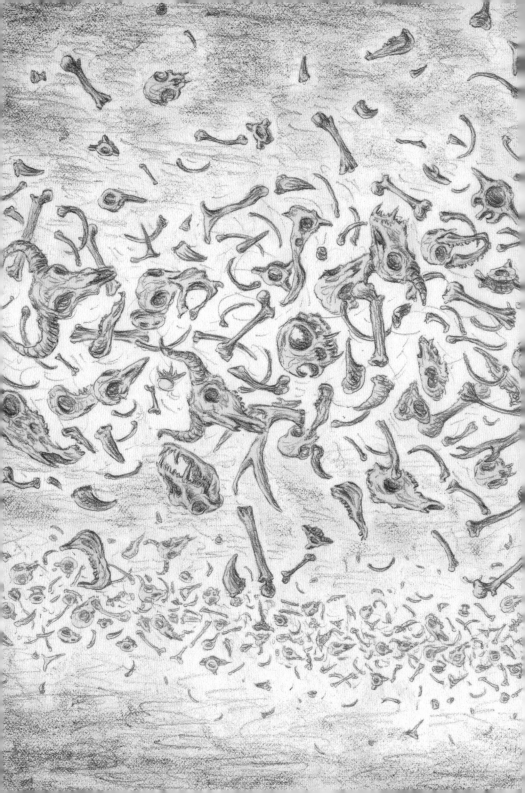

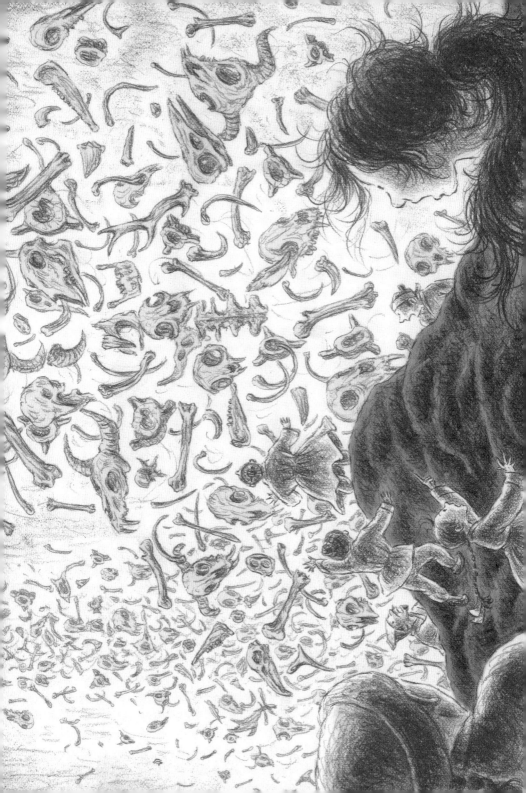

워졌어요. 어느새 임금님 곁으로 온 성삼문 부소장이 눈을 가늘게 뜨고 손가락으로 하늘을 가리키며 외쳤어요.

"보십시오! 이제 태양이 하나뿐입니다. 모든 게 정상이에요!"

"저쪽도 좀 보시게!"

세종 임금님은 병 흡혈귀가 앉았던 의자를 가리켰어요. 병 흡혈귀, 아니 다시 사람으로 돌아온 병조 참판은 산산조각이 난 의자 더미에 주저앉아 있었어요.

"아아악, 이럴 수가! 말도 안 돼…… 아아악!"

병조 참판은 입을 크게 벌린 채 침을 흘리며 마구 괴성을 질렀어요.

다시 사람으로 돌아온 여인과 퉁 소장, 그리고 풀려난 장영실 나리가 나란히 서서 임금님을 향해 고개를 숙였어요. 병조 참판 편을 들었던 고을 수령들은 어느새 포승줄에 묶여 세 사람 앞에 무릎을 꿇고 있었답니다.

임금님은 체면 같은 건 다 잊고 눈물을 흘렸어요.

"정말 다행이구나, 다행이야."

원정대원들도 눈물을 흘리며 임금님을 끌어안았어요.

"임금님께서도 무사하셔서 다행이에요."

그 와중에 우리의 용감한 내관은 슬쩍 빠져나와 눈물을 닦은 뒤 얼이 빠진 병조 참판을 포승줄로 묶어 일을 마무리했지요.

기쁨의 순간도 잠시, 얼핏 봐도 수백 명은 되어 보이는 사람들이 저 멀리서 몰려오고 있었어요. 원정대원들은 긴장했어요. 사람들의 손에 호미며 곡괭이 같은 것이 들려 있었거든요.

세종 임금님이 원정대원들에게 말했어요.

"걱정하지 마시오. 아무 일도 없을 테니."

세종 임금님 말대로였어요. 제일 먼저 다가온 남자가 임금님을 보고 어리둥절한 표정을 지으며 물었어요.

"혹시…… 임금님이 아니십니까?"

"그렇다네. 내가 바로 이 나라의 임금일세."

사람들은 화들짝 놀라서 손에 들었던 것을 내려놓았어요. 그러고는 다 같이 절을 했어요.

세종 임금님이 말했어요.

"그만 일어나시게. 절해야 할 사람은 나일세."

임금님은 그렇게 말하며 사람들에게 절을 했어요. 사람들이 따라서 절하며 한목소리로 외쳤어요.

"황공하옵니다!"

제일 앞에 선 이가 말했어요.

"임금님, 저희가 누구인지 아시겠습니까?"

임금님은 고개를 끄덕였어요.

"알 것 같소. 내가 부족해서 그대들이 고생했소. 진심으로 사

죄하오."

임금님의 말에 사람들이 눈물을 흘렸어요. 제일 앞에 선 이가 눈물을 닦으며 말했어요.

"우리는 전에 흡혈귀 박쥐였습니다. 흡혈귀의 노예로 살았지요. 그런데 여기 계신 분들 덕분에 다시 사람으로 돌아왔어요. 처음에는 아무것도 기억나지 않았습니다. 그냥 몸이 움직이는 대로 걷기만 했어요. 그런데 조금 지나니 이곳에서의 일들이 조금씩 기억나더군요. 우리를 구해 주신 고마운 분들의 얼굴이 떠올랐어요. 그때부터는 걱정이 되었습니다. 흡혈귀가 강하다는 건 그 누구보다 우리가 잘 아니까요. 잠깐 고민하다가 다시 돌아오기로 마음먹었습니다. 부족한 힘이나마 보태서 꼭 은혜를 갚으려고요."

세종 임금님이 눈물을 흘리며 무릎을 꿇었어요.

"다들…… 고맙소."

그 순간 더 놀라운 일이 일어났어요. 땅에 떨어진 흡혈귀 박쥐들이 꿈틀거리더니 모습이 변하기 시작했어요. 날개가 사라지며 손과 발이 생겨났고 그러다가 마침내 사람의 모습을 되찾았지요.

"와!"

지켜보던 이들이 환호성을 질렀어요. 흡혈귀 박쥐에서 사람으

로 돌아온 이들은 다시 사람이 되었다는 것을 깨닫고서 환호성
을 질렀어요.

"와!"

그 놀라운 일들에 원정대원들이 정신을 빼앗긴 틈을 타 병조
참판과 고을 수령들은 슬그머니 도망가려고 했어요. 하지만 그
건 있을 수 없는 일이지요.

"어림없지!"

곧바로 눈치챈 여인이 "얍!" 하는 기합과 함께 두 손을 들었어
요. 병조 참판과 수령들은 화들짝 놀라서 제 풀에 쓰러지고 말
았답니다.

"으하하하!"

지켜보던 원정대원들이 웃음을 터뜨렸고 그 웃음은 주변 사
람들에게까지 전염되었어요.

7장

마지막 잔치

수석 요리사는 속으로 '수— 수— 수—' 노래를 부르며 수육
을 데웠어요. 너무 미지근하거나 뜨겁지 않게 불기운을 요령 있
게 조절해 가며 조심스럽게 데웠어요. 드디어 완벽한 온도에 이
르렀다는 감이 왔어요. 수석 요리사는 눈을 꼭 감았어요. 숨을
멈추고 조용히 기다렸어요. 일 초, 이 초, 삼 초……. 원정대원들
의 우렁찬 목소리가 귀를 톡톡 찔렀어요.

"수육 한 접시 더 주세요!"

천천히 눈을 뜬 수석 요리사는 두툼한 귓불을 한 번 만지곤
이내 접시에 수육을 수북하게 담았어요. 그리고 알 듯 모를 듯
오묘한 미소를 지으며 묵직한 접시를 원정대원들에게 차례로 건

넀어요. 원정대원들이 다시 나타나면 수석 요리사는 하늘을 보
며 큰 소리로 외쳤어요.

"구!"

다음은 말 안 해도 알 거예요. 고기에 소금을 살살 뿌려 가며

살짝 설익도록 솜씨 좋게 구우면 원정대원들이 때맞춰 나타났고 수석 요리사는 미소와 함께 접시들을 건넸어요. 그리고 다음은 산, 다음은 불, 다음은…… 다시 수랍니다.

흡혈귀 성이 사라진 흑적산에서는 떠들썩한 잔치가 벌어졌어요. 세종 임금님께서 후원하신 잔치였지요. 임금님은 온 나라에서 보내온 좋은 고기를 사람들에게 무한으로 제공했어요. 수석 요리사는 바쁘게 손을 움직였고, 원정대원들은 땀까지 뻘뻘 흘리며 고기를 날랐어요. 그래도 원정대원들의 얼굴에선 웃음이 떠나지 않았답니다. 아마 흑적산이 생긴 이래 가장 좋은 날이었을 거예요. 어둠과 악으로 덮였던 흑적산 하늘은 신선한 고기의 향, 그리고 사람들의 떠들썩한 웃음으로 가득 찼지요.

이왕 좋은 이야기를 했으니 숙희에게 일어난 무척 놀라운 일에 관해서도 지금 말하는 게 좋겠어요. 사람으로 돌아온 흡혈귀 박쥐 중에는 숙희의 아버지도 있었어요. 정신을 차린 숙희의 아버지는 자기 앞에 서 있는 숙희를 보고 깜짝 놀랐어요. 숙희는 빙긋 웃으며 침착한 목소리로 그동안 있었던 일들을 이야기했어요. 숙희의 이야기가 끝나자 아버지가 숙희의 손을 잡았어요. 두 사람은 눈물을 흘리며 힘차게 껴안았지요.

그렇다면 여인의 아버지는 어떻게 되었을까요? 아쉽게도 여인의 아버지는 찾을 수 없었어요. 비밀을 하나 알려 줄게요. 사실

모든 흡혈귀 박쥐가 다 사람으로 돌아온 것은 아니었답니다. 열에 하나는 그대로 박쥐로 머물러 있었어요. 물론 흡혈귀 박쥐가 아닌 그냥 보통의 박쥐로요. 아마도 박쥐로 있었던 시간이 너무 길었기 때문일 거예요. 아니면 설명하기 어려운 다른 이유가 있을지도 모르지요.

툭 소장이 여인을 위로했어요.

"여인님, 너무 실망하지 마세요."

여인이 씩씩한 목소리로 말했어요.

"솔직히 말해 조금 실망했어요. 하지만 괜찮습니다."

"기다리면 분명 아버님을 만날 수 있을 겁니다. 이번이 아니면 다음에, 다음이 아니면 그다음에."

여인은 고개를 크게 끄덕이며 대답했어요.

"역시 툭 소장님! 저랑 생각이 똑같으시네요."

길고 길었던 잔치를 마친 사람들이 벌판 이곳저곳에 자리를 잡고 쉬었어요. 역시 긴 하루를 보낸 원정대원들은 다시 한자리에 모였어요.

세종 임금님이 말했어요.

"여러분 덕분에 흡혈귀를 물리칠 수 있었소. 다 여러분 공이라오. 여러분과 함께해서 정말로 다행이었소."

원정대원들은 다 함께 손뼉을 치고 환호성을 질렀어요.

임금님이 웃으며 말했어요.

"고생한 대가는 충분히 받게 될 것이오. 나라를 위해, 나를 위해 목숨을 아끼지 않은 분들이니 말이오."

이번에도 원정대원들은 다 함께 손뼉을 치고 환호했어요.

임금님이 웃으며 말을 이었어요.

"내일 아침 다 함께 궁으로 돌아갈 것이오. 무척 힘든 하루였을 테니 오늘은 푹 쉬시오."

그때 여인이 손을 번쩍 들었어요. 임금님이 고개를 끄덕이자 여인이 말했어요.

　"저는 내일 궁으로 가지 않겠습니다. 이곳에서 살겠습니다."

　세종 임금님은 잠시 하늘을 한 번 보았다가 천천히 입을 떼었어요.

　"왜 그런 결심을 했느냐?"

　"임금님도 보셨다시피 흡혈귀 감별사는 실은 흡혈귀이기도 합니다. 저는 언제든……."

　"이제 이 땅에 흡혈귀는 없느니라. 설령 흡혈귀면 어떠냐. 너는 내게 없어서는 안 될 사람이다!"

세종 임금님은 임금님답지 않게 버럭 화를 냈어요. 여인이 빙 긋 웃고는 말했어요.

"사람들의 생각은 그렇지 않을 것입니다."

"내 생각이 제일 중요한 것이니라."

"사람들은 한번 흡혈귀는 영원한 흡혈귀라며 저를 볼 때마다 욕을 하거나 두려워하겠지요. 저는 임금님에게 짐이 되고 싶지 않습니다."

"짐은 무슨. 그런 건 걱정하지 않아도 된다."

"더 중요한 이유가 있습니다."

여인은 손을 뻗어 사람들을 가리켰어요.

"잔치 중에 저분들이 나누는 이야기를 들었습니다. 임금님이 허락해 주시면 여기 흑적산에 머물고 싶다고 하더군요. 저분들이 이곳으로 돌아온 건 우리를 돕기 위해서이기도 했지만 실은 돌아갈 집이 없기 때문이기도 합니다. 저분들은 다시 사람의 모습을 되찾은 장소인 이곳을 고향처럼 생각하고 계십니다. 척박하지만 의미가 있는 장소이기에 스스로의 힘으로 땅을 개간하고 씨를 뿌려 곡식을 수확하면서 살고 싶다 하셨지요. 저의 마음 또한 그러합니다. 이곳에 남아 사람들을 돕고 싶습니다. 한때 흡혈귀 박쥐였던 분들이니 저를 차별하지도 않을 테고요."

세종 임금님은 한동안 아무 말도 하지 못하고 입술만 깨물었어요. 한참이 지난 후 임금님이 말했어요.

"내 생각이 짧았구나. 흡혈귀 박쥐에서 다시 사람이 되었으니 다행이라고만 생각했지, 그 뒤의 일은 고민하지도 않았어. 사람들의 앞날까지 생각하다니 역시 여인이로구나."

그때 숙희가 손을 번쩍 들었어요. 임금님이 고개를 끄덕이자 숙희가 말했어요.

"저도 이곳에 머물겠습니다. 솔직히 말해 여인이를 여기 혼자 남겨 두는 게 영 불안합니다. 겉으로는 똑똑하고 씩씩해 보여도 실은 빈틈이 많은 아이거든요. 이미 아버지와도 이야기를 나누었어요. 아버지는 저 사람들에게 글을 가르쳐 주실 거래요. 글을 알면 힘이 생기는 법이라면서요. 대신 아버지는 농사짓는 법을 배우실 거래요. 땅을 일구며 사는 삶 또한 글을 공부하는 삶만큼 가치가 있다면서요. 그렇게 사람들과 서로 도우며 살 거라고 하셨어요."

세종 임금님이 아쉬워하며 말했어요.

"좋은 계획이로구나. 친구를 위한 마음이기도 하니 내가 바꾸기는 어렵겠지."

이번에는 통 소장이 손을 번쩍 들었어요. 임금님이 고개를 끄덕이지 통 소장이 말했어요.

"저도 여기 머물겠습니다. 두말할 것도 없이 이곳은 저의 고향

이니까요. 우리 여진 무사들도 저와 함께할 것입니다."

세종 임금님이 아쉬워하며 말했어요.

"퉁 소장에게는 아무래도 이곳이 편하겠지. 아, 섭섭하나 내 기꺼이 허락하겠소."

그때 전혀 생각하지도 못했던 사람이 손을 번쩍 들었어요. 바로 장영실 나리였어요. 세종 임금님은 깜짝 놀라서 물었어요.

"아니, 장 공은 왜?"

"이곳에 필요한 것이 너무도 많습니다. 저의 온갖 재주를 동원해 이곳을 살기 좋은 땅으로 만들고 싶습니다."

장영실 나리가 임금님을 보며 빙긋 웃었어요. 임금님은 마지못해 고개를 끄덕였어요. 그때 성삼문 부소장이 손을 번쩍 들었어요.

"아니, 그대도? 그대라면 내가 무조건 허락……."

"저는 무슨 일이 있어도 임금님 곁을 떠나지 않겠습니다. 임금님을 위해서라면 제 목숨을 바칠 각오도 되어 있습니다."

"말이라도 고맙구려."

세종 임금님은 이제 수석 요리사와 내관을 향해 고개를 돌렸어요.

수석 요리사가 말했어요.

"우리 여인이는 제가 제 딸처럼 아끼고 사랑하는 아이입니다.

하지만 저는 제가 만든 음식의 맛을 정확히 평가해 주시는 유일한 분인 임금님 곁을 떠날 수 없습니다."

세종 임금님이 고개를 끄덕이자 내관이 말했어요.

"죽을 뻔한 저를 구해서 궁궐로 불러 주신 임금님의 은혜를 저버릴 수는 없습니다. 평생 임금님 곁에 남겠습니다."

뜻밖의 이야기에 다들 깜짝 놀라서 내관을 보았어요. 하지만 내관은 입을 닫고 더 말하지 않았어요. 물론 임금님도 자세한 사연을 밝힐 생각은 없었지요.

세종 임금님이 말했어요.

"그대들의 뜻을 잘 알았소. 내게는 모두 곁에 두고 싶은 소중한 사람이지만 그대들의 생각을 존중하겠소. 흑적산에 대한 지원을 아끼지 않겠다는 약속도 이 자리에서 하겠소. 그리고 마지막으로 이것만은 기억해 주시오."

세종 임금님은 잠깐 멈추었다가 다시 말했어요.

"그대들과 이 어려운 일을 함께 해냈다는 사실이 나는 정말로 자랑스럽소. 그대들이 없었다면 절대 할 수 없었을 것이오. 어디에 있더라도 그대들은 영원한 흡혈귀 원정대요."

원정대원들은 입을 모아 소리쳤어요.

"황송하옵니다!"

이제 길고 길었던 이 이야기를 끝낼 시간이에요. 아쉽지만 모든 이야기에는 끝이 있는 법이니까요……. 아, 딱 한 가지 잊은 게 있네요. 각자의 앞날에 관한 이야기를 마친 뒤 여인은 세종 임금님을 혼자서 찾아뵈었어요.

여인이 말했어요.

"임금님 덕분에 흡혈귀를 물리쳤습니다."

"무슨! 우리 여인이 덕분이지."

"아니에요. 제사를 지내고 직접 노래까지 부르신 임금님의 공이 가장 크지요."

세종 임금님은 주위를 잠깐 살폈어요. 성삼문 부소장이 어디 있는지를 확인하려는 것이었지요. 성삼문 부소장은 자신의 특기를 발휘해 원정대원들 앞에서 쉴 새 없이 떠드는 중이었어요. 안심한 세종 임금님은 이렇게 말했어요.

"사실, 그 노래 말이다……. 내가 지어 부른 거란다. 나도 잘 생각이 나지 않아서……."

여인이 빙긋 웃으며 말했어요.

"중요한 건 마음이지요. 무슨 수를 써서라도 사람들은 구하겠다는 그 따뜻한 마음 말이에요!"

세종 임금님도 빙긋 웃었어요.

여인이 말했어요.

"한 가지만 부탁드릴게요. 어머니에게 저는 잘 있다고 전해 주세요. 혹시 원하시면 이곳으로 오실 수 있게 도와주시고요!"

"알았다! 걱정하지 마라. 그런데 네 어깨에 박쥐가 있구나."

세종 임금님 말대로였어요. 어느새 박쥐 한 마리가 날아와서 여인의 어깨에 앉아 있었어요. 여인은 말없이 고개만 끄덕였어요. 세종 임금님도 따라서 고개를 끄덕였지요. 두 사람의 눈에 눈물이 살짝 고였다는 건 우리끼리만 아는 비밀로 해요.

조선 흡혈귀전

⑤ 흡혈귀 성에서의 결전

초판 1쇄 인쇄 2024년 10월 25일 **초판 1쇄 발행** 2024년 11월 9일

글 설흔
그림 고상미
펴낸이 최순영

어린이 문학 팀장 박현숙
편집 김아름, 김이슬
키즈 디자인 팀장 이수현
디자인 이은하

펴낸곳 (주)위즈덤하우스 **출판등록** 2000년 5월 23일 제13-1071호
주소 서울특별시 마포구 양화로 19 합정오피스빌딩 17층
전화 02) 2179-5600 **내용문의** (02) 6748-3811
홈페이지 www.wisdomhouse.co.kr **전자우편** kids@wisdomhouse.co.kr

ⓒ 설흔 · 고상미, 2024

ISBN 979-11-7171-285-4 74810
       979-11-7171-142-0 (세트)

『조선왕조실록』에
흡혈귀에 대한 기록이 있었다!?!

역사와 고전을 화소로 삼는 설흔 작가의
파격적이고 대담한 역사 판타지 동화

① 흡혈귀 감별사의 탄생

피에 굶주린 자들이 깨어난 조선, 그들을 물리칠 새로운 영웅이 온다!
조선의 흡혈귀를 물리치는 당돌한 감별사 탄생!

② 사라진 장영실과 흡혈귀

흡혈귀로 몰려 사형 위기에 처한 여인과 하루아침에 궁궐에서 쫓겨난 장영실
백성을 노리는 흡혈귀를 물리칠 수 있을까!

③ 흡혈귀 원정대

세종 임금은 유랑민들을 흡혈귀로 만든 음모를 파헤치기 위해
집현전 지하 연구소에서 흡혈귀 원정대를 결성한다.

④ 붉은 흡혈귀의 초대

붉은 흡혈귀의 검은 기운과 흉측한 마법이 깃든 흑적산으로 향하는 원정대!
원정대는 흡혈귀가 놓은 덫을 피하고 무사히 흡혈귀 성에 도착할 수 있을까?

⑤ 흡혈귀 성에서의 결전

악의 기운으로 무장한 흡혈귀들과 맞서 싸우는 흡혈귀 원정대의 마지막 이야기!
원정대원들은 조선 땅의 평화를 되찾을 수 있을까?

조선 흡혈귀전

설흔 글 • 고상미 그림